W0308452

Tout est possible ?

À vous de jouer…

Philippe Croizon

Avec la collaboration d'Emmanuelle Dal'Secco

Tout est possible ?

À vous de jouer…

ARTHAUD

© Flammarion, Paris, 2023
82, rue Saint-Lazare CS 10124
75009 Paris
Tous droits réservés
ISBN : 978-2-0802-8637-6

Prologue

L'homme bourdon

Un jour, quelqu'un m'a dit que je lui faisais penser à un « bourdon ». Alors, je me suis penché sur cette étrange confession…

Selon certaines théories, le bourdon vole parce qu'il ne sait pas qu'il ne peut pas voler. S'est-il inspiré de la citation de l'écrivain Marc Twain : « Ils ne savaient pas que c'était impossible, alors ils l'ont fait » ? Déjà en 1930, l'entomologiste français Antoine Magnan notait que, trop lourd par rapport à la portance de ses ailes, il devrait normalement demeurer au sol. Et pourtant, le bourdon vole. Avec son corps massif dépourvu d'aérodynamisme et ses toutes petites ailes, il semble même défier les lois de la pesanteur.

Oserais-je me comparer à ce sympathique insecte ?

Comment la plupart de mes contemporains auraient-ils pu imaginer qu'un homme quadri-amputé réaliserait les rêves les plus fous ? Traverser la Manche ou relier les cinq continents à la nage, venir à bout du Dakar, le Rallye-Raid le plus éprouvant au monde, sauter en parachute, faire de la plongée sous-marine… Ou tout simplement se brosser seul les dents !

Après mon accident, il m'a fallu de l'obstination pour prendre « l'air » ; peu importe que le temps soit incertain et le ciel menaçant.

La période que nous traversons nous a tous « électrocutés ». Et nous avons malheureusement cette fâcheuse tendance à sombrer avec le navire, à nous laisser gentiment couler vers le fond. Lorsque les choses vont mal, notre champ de vision se rétrécit et notre avenir est toujours envisagé à court terme, sombre. Ne serions-nous pas atteints d'une bien triste maladie : la sinistrose ? Individuellement, nous sommes en général pleins d'optimisme, capables de nous projeter dans un avenir lointain, alors que, noyés sous un flot d'informations négatives, jusqu'à l'overdose, c'est souvent, collectivement, le pessimisme qui l'emporte.

Si nous voulons changer, évoluer ou même nous envoler, nous devons « devenir bourdon » chaque fois que les obstacles semblent infranchissables. Certains vont se dire que leurs ailes sont trop petites, la plupart, que c'est impossible… Pourtant, alors que tout joue contre lui, le bourdon réussit à prendre son envol grâce à un rythme hallucinant de deux cents battements par seconde. Il ne vole donc pas uniquement parce qu'il ignore qu'il ne peut pas voler mais surtout parce qu'il déploie des efforts colossaux pour y arriver.

Pourquoi pas vous ?

Pour que nos rêves deviennent réalité, que le changement puisse opérer, il nous faut jeter toutes nos forces dans la bataille et surtout rêver grand. Chaque jour échafauder les plus improbables défis et oser d'autres plus petits. Pour cela, écoutez votre voix intérieure et votre instinct ! Et, surtout, n'hésitez pas à demander de l'aide lorsque la situation vous semble trop difficile. Il s'agit de comprendre que le « coup de main » n'est pas une faiblesse mais un moment de partage. La solidarité, c'est le secret. Mon secret.

Pour rebondir, il faut nous affranchir de nos carcans, libérer la parole et dire les choses lorsqu'elles tournent mal. Ne pas nier l'évidence mais se préparer maintenant, avec force, courage et optimisme pour affronter l'infortune, ensemble. Écouter ceux qui croient, ceux qui ont envie, et ainsi inverser la vapeur, remettre le collectif sur de bons rails, imaginer et construire un avenir possible pour nous-mêmes, nos enfants, nos petits-enfants…

En treize chapitres, je ne propose ni modèle, ni vérité, ni recette miracle, juste quelques clés. Treize, le chiffre redouté. Tout un symbole pour conjurer le sort, aller contre les préjugés et ne jamais se laisser dicter ses pensées. Treize, c'est aussi le nombre de lunaisons dans une année. Et c'est justement vers la lune que je dois me tourner…

Chapitre 1

Viser l'espace

Hello(n) Musk !

« Il faut toujours viser la lune car, même en cas d'échec, on atterrit dans les étoiles », écrivait Oscar Wilde.

Je l'ai pris au mot !

Matin du 20 novembre 2020. J'ai une drôle d'idée. Face à mon ordi, je twitte : « Les amis, si j'atteins les 50 000 *followers* avant Noël, j'interpelle Elon Musk pour qu'il m'envoie dans l'espace. »

L'idée me trottait dans la tête depuis longtemps. Déjà enfant, je m'allongeais dans l'herbe, les yeux rivés sur la Voie lactée. Le cosmos m'a toujours fasciné. Dix ans auparavant, j'avais écrit à Richard Branson, le patron de Virgin Galactic, premier milliardaire à voler, en juillet 2021, aux frontières de l'espace à bord du vaisseau VSS Unity, développé par la compagnie qu'il a lui-même fondée. Mais cette tête brûlée, pionnier du tourisme spatial, ne m'a jamais répondu.

D'ici Noël, il reste plus d'un mois. On verra bien. Et, contre toute attente, la mission est accomplie en moins de… trois heures ! Pris à mon propre piège, impossible de faire marche arrière. L'homme de la mer lance alors sa bouteille… dans le ciel. C'est entre Elon Musk et moi. « Bonjour, je suis un célèbre aventurier français sans bras ni jambes ! Envoyez-moi dans l'espace pour montrer une fois de plus que tout est possible ! » Je poste quatre photos bien éloquentes, histoire d'appuyer mon dossier : lors d'un saut en parachute, lors de la traversée de la Manche à la nage, sur le rallye Dakar et lors d'une plongée sous-marine. Sur les réseaux, les internautes sont sceptiques, gloussent discrètement… Peine perdue ?

Et, là, miracle ! Quelques heures plus tard, le patron de Tesla et de la société spatiale SpaceX, le multimilliardaire aux 107,6 millions de *followers* qui a dû voir le compteur s'affoler, me répond : « *One day we will fly you on Starship* » (Un jour, nous vous ferons voler sur Starship). Je suis atomisé, comme expédié aux confins de l'univers. Cette fusée est un lanceur orbital super lourd en cours de développement par sa société. Après le feu, l'eau et la terre, il me faut défier l'air… Et c'est clair que, ce jour-là, je n'en manque pas. J'étais à mille années-lumière d'imaginer que l'une des personnalités les plus courtisées de la planète prendrait la peine de me répondre.

Ça semble trop facile, j'ai un doute. Sans me dégonfler, par sécurité, je relance : « Si c'est vraiment vous, donnez-moi votre mail. » Elon Musk répond d'abord par un smiley « mort de rire » puis m'envoie son adresse. Il se dit « content de faire ma connaissance ». C'est ainsi que la conversation s'est engagée…

Un coup de poker. Depuis que j'ai frôlé la mort, je ne m'interdis rien.

Prenant cette histoire improbable très au sérieux, je me fixe un premier challenge : apprendre l'anglais. J'embauche une professeure pour une initiation intensive, sans grand résultat.

Le 11 septembre 2021, avec ma compagne, Suzana, nous nous envolons pour… Cap Canaveral, en Floride. Elon Musk m'a convié à assister, quatre jours plus tard, au décollage de sa fusée Falcon 9. Cette mission baptisée Inspiration4 est la première de l'Histoire à n'envoyer en orbite que des amateurs sans expérience, durant trois jours. Il y a parmi eux Jared Isaacman, un homme d'affaires américain, qui assure le financement de cette expédition, avec lequel j'ai également sympathisé. Pour l'occasion, j'arbore un écusson représentant un astronaute quadri-amputé.

La plateforme d'observation se situe à 2 kilomètres du pas de tir. Compte à rebours et, soudain, une lueur blanche, éclatante, fascinante qui se transforme en boule de feu écarlate. Les vibrations traversent mon corps. L'émotion est intense, mêlée de peur car, à cet instant, j'ai à l'esprit l'explosion de la navette Challenger en 1986, vécue en direct sous les yeux des familles. Trois jours plus tard, nous sommes présents pour l'amerrissage et la récupération des astronautes en mer. Je n'ai croisé que furtivement Elon Musk lors de la soirée de gala mais il m'a adressé un message, plus tard. Tous m'ont assuré qu'il était un homme de parole…

Les premiers parastronautes

Serai-je le premier homme handicapé à flirter avec les étoiles ?

J'entends les critiques qui dénoncent ces voyages spatiaux aux coûts prohibitifs et appréhendent la facture écologique du tourisme spatial. « Pure folie ! » Mais j'y vois aussi des opportunités en termes de recherche scientifique. Pour me préparer aux défis de l'apesanteur, je consulte une entreprise française spécialisée dans les équipements spatiaux afin de concevoir des prothèses de main adaptées puisque, condition *sine qua non* pour faire partie du voyage, je dois pouvoir m'agripper dans la capsule. Ce serait des sortes de clips : clac, je clipse, clac, petit quart de tour, je déclipse.

Ma démarche n'est pas si insensée puisque, quelques mois plus tard, en février 2021, j'apprends que l'Agence spatiale européenne (ESA) lance une nouvelle campagne pour recruter les astronautes qui succéderont à Thomas Pesquet. Pour la première fois, affirmant faire de la diversité son cheval de bataille, elle fait appel à des candidats en situation de handicap physique. Ils ou elles n'auront pas vocation à voler vers l'ISS (Station spatiale internationale), ni à participer aux futures missions lunaires, l'idée étant, dans l'immédiat, d'étudier la « faisabilité » de l'accès des vols spatiaux aux « parastronautes ». Même si nous n'en sommes qu'à l'étape zéro, la porte s'ouvre enfin sur l'impensable.

Lors du lancement de ce programme, Guillaume Weerts, médecin en chef des astronautes, explique que s'il « y a une chose que nous avons apprise en travaillant sur l'ISS, c'est qu'il y a une grande valeur à la diversité. Inclure les personnes ayant des besoins particuliers, c'est aussi profiter de leur expérience hors du commun, de leur capacité d'adaptation à des environnements difficiles et de leur point de vue ». Pour fixer un cadre, l'Agence s'est inspirée de la classification des handicaps du Comité paralympique international. Trois catégories ont ainsi été définies : les personnes avec un handicap d'un ou des deux membres inférieurs (amputation ou déficience congénitale), de préférence en dessous du genou, un critère technique lié à l'adaptation du matériel ; celles ayant une jambe plus courte que l'autre et les personnes de petite taille (moins de 1,30 mètre). Pour postuler, il faut avoir un master dans un domaine scientifique et trois ans d'expérience professionnelle, moins de 50 ans et être parfaitement bilingue en anglais. Avec de tels critères, je suis « grillé » ! « L'important, c'est de ne pas s'autocensurer », avait encouragé Thomas Pesquet dans un message vidéo. « Inscrivez-vous, même si vous doutez de vous ! Et rendez-vous à l'entraînement. »

Morale de l'histoire : « Lorsqu'on désire vraiment une chose, il faut tenter sa chance ! » Par la magie du web, moi, l'ancien ouvrier, le petit Français amputé, j'ai dialogué en live et en quelques minutes avec l'homme, selon *Forbes*, le plus riche au monde et l'un des plus influents en 2022. Sans me préoccuper des hiérarchies, la sincérité et l'audace ont suffi.

L'espace est une prochaine étape, mais pas l'envie ultime. Il faut rêver à l'infini. L'enfant devenu grand regarde désormais une voie « lactée » de projets…

Pourtant, il en fut longtemps autrement.

Chapitre 2

Du déni à l'acceptation, un long parcours

Des étapes non négociables ?

Face à l'adversité, il faut accepter de franchir certaines étapes, quels que soient l'ordre et le temps. Ceux qui voulaient déjouer les évidences doivent se méfier des guérisons trop rapides. Je croyais m'être soustrait à ces obligations, trop vite, mais la réalité m'a rattrapé. C'est en faisant preuve de sagesse, de patience et d'humilité que je suis parvenu à parcourir le reste du chemin et à accéder à la délivrance. Il m'a fallu presque dix ans.

5 mars 1994. Une belle journée ensoleillée, la famille et les amis sont là. Avec ma compagne, Muriel, nous avons décidé de déménager car un deuxième bébé doit voir le jour d'ici deux mois. Jérémy, notre fils aîné, a 7 ans. J'en ai 26. Nous quittons notre petite maison de Saint-Rémy-sur-Creuse, dans la Vienne.

Ne reste plus qu'à décrocher l'antenne de télévision. Je me hisse sur une échelle en aluminium et commence à la déboulonner mais, trop lourde, elle vacille. Tout à coup, une douleur fulgurante, indescriptible. L'antenne s'est approchée d'une ligne à moyenne tension, formant un arc électrique. Vingt mille volts se déversent dans mon corps. La déflagration fait sauter le courant, mais une procédure automatisée le remet en marche aussitôt. Jamais je ne perds conscience. Mes proches, mon fils assistent durant d'interminables minutes à ce spectacle terrifiant... Les pompiers ont été prévenus mais tardent à arriver tandis que la régie qui alimente le secteur en électricité demeure muette.

Il paraît que je me suis mis à hurler, comme face à un ennemi invisible : « Non, vous ne me prendrez pas ! Je ne veux pas partir, je reste là. » C'est inscrit noir sur blanc dans le procès-verbal des gendarmes qui sont arrivés entre-temps et viennent grossir l'assemblée des observateurs impuissants. Le courant est enfin coupé. C'est ici que commence mon véritable calvaire, car il faut descendre marche après marche un homme en lambeaux, calciné.

Un hélicoptère parvient à se poser avec de grandes difficultés, car toute la zone est désormais privée d'électricité. On m'embarque. Mon cœur flanche. Électrochoc. Il repart. L'équipe médicale se lance dans une course contre-la-montre pour me transférer au service des grands brûlés du CHU de Tours. On me plonge aussitôt dans un bain de produits antiseptiques. L'anesthésiste finit par trouver tant bien que mal une veine pour m'endormir.

J'ai quitté le monde durant plus de deux mois, seul, en milieu stérile, nourri par sonde. Pendant mon « absence », on s'occupe de moi. La scie du chirurgien me découpe, centimètre par centimètre.

À mon réveil, j'ai quatre membres en moins. Et Grégory est né.

Déni rime avec survie

J'ai pensé : « Non, il ne s'est rien passé, tu vas te rendormir. » Je vis une épouvante, que personne ne peut imaginer même dans ses pires cauchemars. « C'est juste une blague, cette histoire. Moi je ne connais qu'un Philippe, celui qui a des bras et des jambes. » Black-out ! Je refuse la sanction. Un réflexe normal, humain.

Déni rime avec survie... *Emergency !* En psychanalyse, il est défini comme un mécanisme de défense inconscient qui pousse au refus de prendre en compte une partie de la réalité, vécue comme inacceptable ou qui nous met mal à l'aise. Quelles que soient les circonstances, même moins tragiques, le processus reste le même, qu'il s'agisse d'un licenciement, d'une peine de cœur, de l'annonce d'une maladie incurable, d'un accident de voiture, sans parler d'un deuil, notamment celui d'un enfant. L'esprit est incapable d'endurer une telle souffrance. Le sentiment d'impuissance trace alors le plus souvent une route vers la fuite. « Ce n'est pas possible, pas moi. Ça ne peut pas m'arriver, j'ai tout donné pour cet amour, pour ce job… » Pourquoi est-elle partie, pourquoi ai-je emprunté cette route, pourquoi ai-je décroché cette antenne ? Pourquoi, pourquoi, pourquoi ? Ces pourquoi me harcèlent, nuit et jour, sans répit. Pas de réponse, explication néant. La « sauvegarde » est enclenchée. Il s'agit là d'un antiparasite aux idées noires, au stress, au conflit. Il se manifeste dans tous les domaines : le déni de grossesse, de la mort, ou encore de la gravité de certains enjeux collectifs comme le réchauffement climatique… Le film *Don't Look Up*, avec notamment Leonardo di Caprio et Jennifer Lawrence, sur l'humanité menacée par un astéroïde, parodie cette propension de l'homme à détourner le regard. C'est ce qu'on appelle le « syndrome du *Titanic* ».

Ce processus, qu'il soit total ou partiel, permet de se décharger, de se déculpabiliser et surtout de se préparer à franchir les étapes suivantes qui, il faut l'avouer, ne seront pas une partie de plaisir. Pourtant, certains y restent figés, se coupent du monde et enfouissent profondément leurs meurtrissures. Après un choc post-traumatique, pour sauver leur peau, ils oublient. On oublie l'inceste, on oublie le viol, on oublie la violence d'un parent. Le cerveau construit sa carapace, et le trauma ne resurgit parfois que des années plus tard à la suite d'un choc émotionnel, d'un événement, d'une rencontre. Lorsque #MeToo a révélé au grand jour les violences sexistes et sexuelles, de nombreuses femmes ont pu, à la faveur de ce mouvement d'envergure, se souvenir et, pour certaines, se libérer d'un poids, s'affranchir de la peur du jugement et du regard des autres, de la famille, de leur conjoint.

Pour taire mon angoisse, je suis entré dans un monde parallèle nettement plus confortable. Ne pas voir, surtout ne pas voir…

Comme beaucoup, j'ai glissé l'horreur sous le tapis.

L'heure de la négo

Mais que se passe-t-il lorsque ce volcan en sommeil se réveille ?

Déni, colère, marchandage, dépression, acceptation : les fameuses « cinq étapes du deuil ». Vais-je devoir monter dans ces wagons dans le bon ordre ? J'avais déjà vaguement entendu parler de ce concept que l'on doit à une psychiatre helvético-américaine, Elisabeth Kübler-Ross (1926-2004). Pionnière dans l'approche des soins palliatifs pour les personnes en fin de vie, elle a, en 1969, théorisé les stades émotionnels par lesquels passe une personne qui apprend sa mort prochaine. Mais sa recherche initiale a été quelque peu extrapolée et on l'emploie désormais surtout en référence à ce que traverse une personne à la suite du décès d'un proche puis, par extension, à toute forme de perte catastrophique. Pourtant, certains affirment que ce modèle souffre de graves lacunes, recommandant aux professionnels de santé de ne pas s'y référer comme la « norme dans le processus de deuil ou d'acceptation de la maladie », au risque de faire du tort à certains patients.

Il n'y a donc pas de trajectoire présumée « normale », pas de mode d'emploi à suivre à la lettre, pas d'ordre prédéfini, pas de durée. Plutôt que par le déni, l'un commencera par la colère, quitte à tout défoncer, tandis qu'un autre fera l'impasse sur une ou deux phases. On peut aussi en avoir franchi certaines puis faire marche arrière, sans savoir pourquoi.

Pour ma part, le deal est le suivant : vivre ou mourir ? Scotché sur mon lit d'hôpital, je me dis : « C'est fini, mon gars, tu dois partir maintenant. » Comment puis-je poursuivre ma vie ainsi ? Pas de bras, pas de jambe, pas de formation, pas de perspective. Autant en finir. Mais, en même temps, il y a cette étincelle qui te murmure : « Et si ? » C'est l'heure de la négo, entre moi et mon cerveau. Une conversation de marchands de tapis. Le risque, la reddition, le chemin de droite, celui de gauche ? Là, je devine la galère, et pourtant j'ai envie d'y aller… Allez, je prends à droite : « Ah quel chemin de m…, c'est la lose. » Mes proches m'encouragent à la vie mais une fois la porte refermée, lorsque ces voix se sont tues, la mienne hurle en silence : « Allez, on dit *ciao* ? »

Durant des années, tout va se mélanger. Dans le désordre, pas de logique. Ma vie est sens dessus dessous, un puzzle bordélique. Je m'imagine parfois sorti d'affaire, à tort ; il suffit d'un grain de sable pour faire dérailler la machine, d'une petite contrariété pour tout bousiller. J'en deviens con. Con avec ma famille, con avec mon entourage. Parce que je suis maintenant en colère. Deuxième phase, ou quatrième, peu importe. J'y suis.

Interdiction de pleurer !

J'en veux à la terre entière. J'en veux à mon père qui, durant ces premières semaines d'hospitalisation, en bon chef de tribu, interdit à mes proches de montrer leurs sentiments, de pleurer, de craquer. La consigne est stricte : ne jamais parler de l'accident. Sept ans sans l'évoquer, tous unis dans ce faux-semblant. Bouche cousue, chagrin tu (tue ?). L'évoquent-ils entre eux ? Comment savoir ? Nous n'en avons jamais parlé mais je soupçonne que ma mère en a souffert. Mon père déroge à sa propre règle, mais seulement avec les étrangers. Il suffirait donc de taire la souffrance pour qu'elle s'efface ? Loin des oreilles, loin du cœur ? C'est le mécanisme des secrets de famille qui finissent toujours par éclater avec des dommages amplifiés. À trop vouloir masquer la peine individuelle, elle se transforme en chagrin collectif. Mon frère, Jean-Luc, a dix-huit mois de plus que moi, presque un jumeau, mais avec lui aussi le silence est d'or. D'or et d'acier, comme des chaînes que l'on forge autour de moi et qui vont finir par me briser.

Mes proches se relaient pour user de tous les arguments. En vain. Y compris ma grand-mère, que j'aime tant. Y compris le psy. Pas envie de les entendre. On me parle de « revenir », on invoque mon couple. Aucun déclic.

Je me raccroche à leurs « Tout va bien, ça va aller, sois positif, tout ce qui ne nous tue pas nous rend plus fort… ». On ose me dire : « Tout est possible. » Quelle connerie, quelle arnaque ! Si j'avais su à quel point ils avaient raison… Et que ce cri de guerre deviendrait mon credo.

À cet instant, et pour longtemps encore entre les quatre murs de ma chambre d'hôpital, ces discours ultraencourageants me gavent car je sais qu'on me ment, qu'on dissimule une abominable réalité. On appelle cela la toxicité positive ou positivité toxique, un phénomène dans l'air du temps qui consiste à se concentrer uniquement sur le bon côté des choses en rejetant la souffrance. Par mimétisme, j'enfile le masque du bouffon pour jouer la même comédie. Aujourd'hui, avec le recul, ferais-je autrement ? Certainement ! Si l'intention est louable – il s'agit de se protéger les uns et les autres –, le remède est pire que le mal. Tout autour de moi on dessine du rose lorsque je ne vois que du noir. Là, tout de suite, laissez-moi vomir mon désespoir, vivre mes émotions, aussi sombres soient-elles, cracher ce poison *ad nauseam*. Si l'optimisme est une qualité précieuse, et ce n'est certainement pas moi qui vais aujourd'hui prétendre le contraire, à cet instant il est excessif, envahissant, culpabilisant et contre-productif. Je voudrais qu'on ait le cran de me dire : « Oui, tu vas morfler », en ajoutant

« mais on sera là pour toi. Dis-nous comment t'aider ». Pas de miel, il me faut du sel pour que la plaie, béante, puisse cautériser.

La seule qui me tient un discours de vérité, c'est la chirurgienne qui, jour après jour, me rabote un peu plus. La combustion de mes membres continue de progresser, les chairs se nécrosent, la peau pourrit. Chaque fois qu'elle entre dans ma chambre, pas de faux-semblant, aucun apitoiement. Brut de décoffrage, factuelle :

— Bonjour Philippe, désolée, on n'a pas assez coupé. Rendez-vous à 10 heures au bloc !

Derrière elle, ce sont les infirmières, pleines d'empathie, qui passent la pommade.

La franchise de cette femme m'a aidé. À sa façon, elle me prépare, me donne la force d'affronter : « T'as pas le choix, ça va être dur ! » J'ai toujours préféré la vérité, si épouvantable soit-elle.

J'ai besoin de sincérité, d'être sincèrement désespéré. Pour preuve, une drôle de demande… Pour éviter que je me jette par la fenêtre, il n'y a pas cinquante options : antidépresseurs. Les médecins me shootent sans état d'âme, sous perf' durant des semaines. Jusqu'au jour où je décide de prendre mon médecin de front :

— Arrête la dose, lâche la pression, j'ai besoin de pleurer un bon coup. C'est là, bloqué, faut que ça sorte !

Mon traitement est si puissant que je n'arrive pas à craquer. Le doc semble décontenancé :

— Franchement, on ne m'a jamais réclamé un truc pareil.

Finalement, il accepte, réduisant la posologie. Je peux enfin déflagrer. Une seule fois. Mais elle a suffi.

— C'est bon, tu peux remettre la perf'.

Pour le moment, je suis dans le dur, aucune projection à long terme n'est possible. J'avance au jour le jour, heure par heure, minute par minute. Le proverbe dit vrai : « À chaque jour suffit sa peine. » Je retrouverai cette nécessité lors de la préparation de la traversée de la Manche à la nage. L'entraînement est si intense que je supplie ma coach : « Ne me donne plus le planning à la semaine, je vais mourir. Contente-toi de me dire chaque matin combien d'heures je vais devoir nager. » Le fameux *Carpe diem*, pour « cueillir le jour présent », mais qui n'offre à cet instant aucune jouissance.

Si les encouragements sont nécessaires, il ne faut pas précipiter la rémission. C'est là le secret : surmonter au quotidien les obstacles les plus minimes, se fixer de courtes échéances et se donner un pouvoir d'agir à portée de main. C'est en tout cas la stratégie que j'ai mise en œuvre. À petits défis, petites victoires. J'ai épousé la patience et décidé de remonter la pente pianissimo.

Je m'étais fait la promesse de marcher pour les cinquante ans de mariage de mes grands-parents. Et j'ai réussi.

Ouvrir la porte interdite !

Septembre 1996. Je suis admis au centre de rééducation de Kerpape, dans le Morbihan, pour réactualiser mon permis puisque je vais pouvoir conduire avec des aménagements de haute technicité conçus sur mesure.

En fauteuil roulant, je pousse la porte du médecin-chef, le docteur Busnel. Le type est cash :

— Est-ce que tu sais pisser tout seul ?

— Bah, non.

— Et manger tout seul ?

— Bah, non.

— Mais, purée, t'as fait quoi pendant tous ces mois ? Tu es là pour trois semaines alors tu vas apprendre…

Ça, ça, ça et ça. La liste des objectifs est interminable… Ici, on encourage l'autonomie à vitesse grand V.

Dans son bureau, je remarque une porte sur laquelle est écrit, en gros, en rouge : « Interdit ! » Il m'ordonne de l'ouvrir. Je balbutie, hésite… Il poursuit :

— Pour toi, mon garçon, aujourd'hui, rien n'est interdit. Tu es propriétaire de ta vie. Ose. Et n'attends pas que les gens viennent à toi. Va les chercher, demande-leur un coup de main. Fonce !

Il accueille probablement tous les nouveaux arrivants avec ce petit tour, distribuant sa came pour nous motiver. Mais franchement, bla bla bla, à quoi bon ?

À cette époque, en France, les chakras sur le handicap ne sont pas vraiment ouverts. Dix ans avant la loi fondatrice du 11 février 2005 pour l'égalité des droits et des chances, il n'y a pas encore eu ce changement sociétal majeur qui bouleverse – en tout cas sur le papier – la définition même du handicap et édicte des droits majeurs pour les personnes concernées. Les archaïsmes ont la vie dure, le handicap alimente son lot de connotations terriblement négatives, d'un autre âge. Je suis de cette génération où les jeunes en centre de rééducation n'imaginaient pas une seconde pouvoir un jour décrocher un emploi.

J'en ai fait l'expérience quelque temps plus tard lorsque j'ai eu l'insolence de m'adresser à l'ANPE, aujourd'hui Pôle emploi :

— Bonjour, madame. Je vis avec les 800 euros par mois de ma pension d'invalidité. Ce n'est pas tenable. Je voudrais retravailler.

— Non, il n'y aura rien.

— Comment ça « rien » ? Il y a bien un job, avec des adaptations, standardiste par exemple ? Je peux quand même servir à quelque chose…

— Bah, non. Et puis vous n'avez aucun intérêt à retravailler, vous allez perdre tous vos droits. Restez chez vous. De toute façon, pour des gens comme vous, on n'a rien.

« Des gens comme nous » ?

À l'époque, alors que nous, les « grands traumas », tentons de réparer nos corps et nos esprits meurtris, nos espoirs sont à l'agonie. Résignés, nous nous préparons à vivre comme des mendiants, des damnés. Au fil des semaines, nous apprenons qu'untel a avalé des médicaments, qu'un autre s'est jeté par la fenêtre. Durant deux ans, la liste des trépassés s'est allongée, déchirante, désespérante.

Si certains ont réappris à tenir debout, si les douleurs physiques se sont apaisées, si nous sommes équipés de prothèses, rien ne nous prépare à la sortie de cette prison dorée, un cocon entre pairs. Nous survivons dans une bulle, sous oxygène artificiel. Aucune prise en charge psychologique, si ce n'est avec une stagiaire. Elle nous propose de faire le fameux test de Rorschach, qui consiste à interpréter des taches d'encre afin de révéler certains traits de personnalité. Nous nous sommes mis d'accord pour saboter l'expérience en donnant des réponses aussi grotesques qu'aberrantes. Pour les blessés de la vie, l'accompagnement psycho n'en est qu'à ses balbutiements alors même qu'on voit à la télé se mettre en place des « cellules psychologiques » pour le moindre événement un peu « secouant »... Dans nos centres de rééducation où tant de gens sont profondément meurtris, c'est : « Réparé, dehors, suivant ! »

Sur le moment, j'entends le message de ce médecin mais ne le comprends pas. L'équation semble insoluble : je dois donner le meilleur de moi-même pour retrouver ma place dans un monde qui ne veut pas de moi. Je reste pétrifié devant cette porte interdite. Ses mots n'auront un écho que bien plus tard.

En attendant, parce qu'aucun travail de fond n'a été entamé, tout va s'effondrer.

Comment te dire adieu ?

J'ai longtemps redouté cet instant, le retour à la vie « normale ». Je supplie qu'on me garde. Le petit fou qui détend l'atmosphère, qui fait des blagues dans les couloirs, refuse cette « liberté », conditionnelle forcément. Dedans, le clown rit ; dehors, il pleure.

C'est en ouvrant la porte de ma maison que j'ai ouvert celle d'une nouvelle phase, la dépression.

Après deux ans « aux petits soins » à l'hôpital puis en centre de rééducation, à l'écart du monde, je me prends la vraie vie en pleine face. Je ne travaille plus, je survis grâce à la charité nationale et mon seul loisir est de me prostrer devant la télé. Cette inertie m'a soudé à mon canapé et a annihilé toute pensée. Une lobotomie médiatique en guise de traitement, cela peut durer longtemps. Ma femme, Muriel, est restée, même lorsque notre couple était moribond, alors que j'étais devenu un homme bien méchant. Je me souviens la première fois où elle m'a rasé – j'étais encore en centre de rééducation –, mal, selon moi. Je repousse son bras, furibond :

— Mais qu'est-ce que tu fous, tu n'es bonne à rien. Tu n'es pas foutue de faire les choses comme il faut, tu vois bien que je suis handicapé.

Imperturbable, elle ouvre la fenêtre :

— Tu penses que tu es fini ? Tu vas te plaindre toute ta vie ? Alors saute !

Ça m'a calmé…

Elle poursuit :

— Tu crois que tu es le seul à souffrir ? Je suis là aussi à tes côtés, j'encaisse, je morfle en silence.

C'est, je crois, la seule fois où elle m'a dit ce qu'elle avait sur le cœur.

Des pétages de câbles, j'en ai connu. Je suis dur avec ceux que j'aime car je sens, inconsciemment, qu'ils vont rester. Ou partir ? Muriel a la bonté de me supporter en renonçant à sa propre dévastation, marquée au fer rouge par cette expérience nouvelle mais, en réalité, mes excès ne sont-ils pas faits pour l'encourager à me quitter parce que je pense ne plus la mériter ?

C'est ce qu'elle finit par faire, pour un autre. Ce jour-là, la colère s'est libérée. Pas comme je l'imaginais, explosive et théâtrale, une belle colère avec du panache. Non, la mienne est froide, glaciale, passive. On l'appelle « colère refoulée », une rage passée sous silence, qui ne se lit pas sur le visage et enferme l'individu dans ses non-dits.

Elle vient de claquer la porte de notre maison. Je me fige, imperturbable. Ce putain de moment, cela fait sept ans que je m'y prépare. Dans les minutes qui ont suivi, j'ai enfilé mes prothèses de jambes. J'ai acheté une bouteille d'alcool, un Martini blanc. L'ai vidée, tant bien que mal, sans envie car je ne bois jamais. Puis suis sorti de ma voiture pour aller… me jeter dans la rivière. J'ai tout de même pris la précaution de lancer un SOS à Jérémy, mon fils aîné alors âgé de 14 ans. Au téléphone, d'une voix pâteuse et pathétique :

— Euh, mon fils, je t'aime.

— Papa, t'es où ?

— À un endroit où on a été heureux tous les deux…

Je raccroche. Et marche vers mon destin, ma fin… Mais marcher bourré avec des prothèses, ce n'est pas donné à tout le monde. Je titube, me vautre. Il est long et périlleux le chemin jusqu'à la rivière. Trop long…

Dans la nuit, j'aperçois des gyrophares. Prévenue à temps, la cavalerie se précipite à mon secours. Jérémy a alerté les pompiers : « Je crois que mon papa va tenter de se suicider. » Ils me retrouvent, défoncé… dans l'herbe !

Ma tentative de suicide est un échec. Ai-je vraiment envie de mourir ? Je suis admis en HP. Oui, HP comme « hôpital psychiatrique ». Mais c'est pour moi une scène de théâtre, sur laquelle j'espère convaincre le staff que je suis un « malade imaginaire ». Longtemps entraîné au « tout va bien », je suis devenu expert en simulation, toujours avec un *big smile* sur le visage et déconnant facilement avec les autres patients. Le psy est dupe, il me libère au bout d'une semaine. Je suis ramené chez moi, par mes parents.

— Ça va aller ?

— Oui, ne vous inquiétez pas. Nickel. Bisous, bisous.

Il fait nuit. Je suis seul dans la maison. Et j'avale. J'avale. J'avale. Des médicaments par poignées, tout ce que je trouve. Je me goinfre de ce trépas en pilules multicolores. On prétend que les gens qui se suicident aux médicaments lancent un appel au secours et espèrent au fond d'eux qu'on les retrouvera à temps. Celui qui veut vraiment en finir choisirait une porte de sortie plus radicale en se jetant sous le métro ou en se tirant une balle dans la tête. Mais, pour être franc, « ça pique » et, ayant connu le summum de la souffrance, je préfère la manière douce. En mode robot, le bouton « off » s'est enclenché, un appel auquel je suis incapable de résister. Je me suis absenté de ma vie, déjà ailleurs… Je pars.

Je dors ! Car j'ai commis une erreur stratégique. J'ai commencé par les somnifères. Et me suis donc endormi avant d'avoir mis mon macabre projet à exécution. Les pompiers, une deuxième fois alertés par Jérémy de retour à la maison, m'ont trouvé le nez dans la codéine. L'inverse aurait été fatal, m'a assuré le médecin.

J'ai somnolé durant trois jours. À mon réveil, mes fils sont face à moi. À cet instant, leurs regards, celui d'enfants de 7 et 14 ans, disent la tristesse, la peur mais aussi la vie. J'arrête de déconner, c'est promis. Je dois franchir une nouvelle étape vers une colère saine, féconde, qui déplace des montagnes (ou des mers ?). Ma rage va enfin percer, non plus contre

Muriel, contre les autres, contre moi-même. Il faut dégoupiller cette soupape d'insécurité.

Mais je prends conscience que, seul, je n'y arriverai pas. Lorsqu'une personne s'installe dans une dépression sévère, c'est sauve-qui-peut. Lorsque l'abattement nous entraîne vers le fond, si profond, les proches, à bout de remèdes, finissent par lâcher la corde puis quittent le navire, à raison. La seule issue, c'est de les épargner et, enfin, d'accepter de l'aide.

Celle qui m'a aidé, c'est l'infirmière psy. Elle est venue deux fois par semaine à la maison. Durant un an, mon heure libératoire. Parler, parler, parler… Loin, loin, loin… Aller au plus profond. Les blessures ont jailli. En déroulant le fil de ma vie, j'ai découvert mes faiblesses…

La « Chialouse »

Hypersensible, hyperémotif, hypervulnérable. Je l'avoue, je chouine comme un gamin devant *La Reine des neiges*. Je suis un homme qui pleure, souvent, facilement. Mes humeurs varient au gré des circonstances. Je ne cherche jamais à retenir mes larmes. Toutes mes équipes m'ont donné le même surnom : la « Chialouse ».

Je passe de la tristesse à l'euphorie. Je surréagis. Déjà enfant, encore aujourd'hui. Quand je traverse des moments tristes, je m'autorise le droit de m'effondrer, de crier, d'avoir le moral « dans les chaussettes » et de rester dans mon lit. Se blottir en position fœtale et retourner dans la matrice, la « mère » de la tranquillité. Ne rien faire et « perdre » son temps peut aussi être un moment régénérant. Les passages à vide ne sont pas interdits, à condition de ne pas s'y abandonner. Lorsque la mélancolie est trop forte, je reste seul pour attendre ce tsunami qui emporte tout sur son passage. Si elles peinent à arriver, j'oblige mes larmes à couler via un spleen musical. *Le monde est stone*, de Starmania, est un détonateur puissant : « J'ai la tête qui éclate, je voudrais seulement dormir, m'étendre sur l'asphalte et me laisser mourir. » Cette charge émotionnelle explosive suffit à tout évacuer. Une fois la trêve accordée, une fois le trop-plein déversé, je peux redémarrer. Et c'est changement d'ambiance sur des airs de Compagnie créole. Même si, durant des années, je suis resté bloqué dans ma tristesse, j'ai appris à la canaliser et travaillé pour en faire une alliée, sans jamais la mettre en veille, bien au contraire, en lui permettant de s'exprimer.

Parce que tout m'affecte et me bouleverse, sur ce terrain fertile, je me laisse facilement toucher par les histoires des autres, en plein cœur. C'est ainsi que Théo Curin est entré dans ma vie… Ce gamin fut amputé des quatre membres à l'âge de 6 ans à la suite d'une méningite foudroyante. Sa maman, Stéphanie, qui a lu mon premier livre, *J'ai décidé de vivre*, m'envoie une lettre dans laquelle elle fait le récit de leur drame. À la lecture de ce témoignage, je me sens impuissant. Comment répondre à la douleur d'un garçon si jeune alors que j'ai traversé ce traumatisme en étant adulte, à l'âge de 26 ans ? Bouleversé, j'enferme précieusement cette lettre dans une armoire. Stéphanie a certainement pris mon silence pour de l'indifférence. Il m'a fallu six mois pour trouver le courage de l'appeler. Une fois l'émotion digérée, je suis allé voir Théo chez lui, en Lorraine, et j'ai craqué pour ce petit bonhomme que j'ai pris sous mon aile. Jamais je n'avais été aussi désarmé.

C'est plus tard, en découvrant le concept de QE ou quotient émotionnel (en référence au QI, quotient intellectuel), que j'ai compris ces bouleversements jusqu'alors inexpliqués. Popularisé en 1995 par le psychologue Daniel Goleman dans son ouvrage *Emotional intelligence*, le QE permettrait de mesurer l'intelligence émotionnelle d'un individu. C'est une autre façon de réfléchir et d'appréhender son environnement, une forte conscience de ses propres émotions, une capacité à les assumer, les gérer et en faire un outil de décision, mais également une aptitude à les décoder chez l'autre pour être en phase avec lui. Au-delà de la notion d'émotion pure, les personnes concernées aspirent en général à la réussite, avec un fort besoin de réalisation personnelle et des engagements sans faille dans les projets qu'elles entreprennent.

J'ai l'impression de cocher pas mal de cases : une âme à fleur de peau, une tendance au perfectionnisme, une empathie quoi qu'il en coûte, quelques talents en termes de communication non verbale, des élans incontrôlés d'optimisme, un grand sens de la justice et une résilience à toute épreuve. Mais, à force de m'adapter aux autres, d'anticiper leurs réactions et d'éponger leurs émotions, je me perds. Dans la peau du caméléon, j'oublie parfois qui je suis.

Dans ce florilège de « qualités », je mesure aussi l'étendue de ma fragilité.

Trop fort, l'homme !

Non, l'homme n'est pas toujours fort. Oui, il peut épancher ses peines. Si cela vaut pour moi, cela vaut pour d'autres. Message à tous ceux qui s'interdisent de flancher…

Depuis quelques années, je donne des conférences en entreprises, et certains dirigeants, presque toujours masculins, se prêtent à la confidence… Ce sont des leaders, capables de tout, qui sont parfois submergés par une immense détresse lorsqu'ils doivent faire face aux défis et contraintes imposés par leurs responsabilités. Certains me disent se sentir seuls au monde, notamment parce que chacune de leur décision met en jeu l'avenir de leur entreprise. Pour autant, ils refusent de révéler leurs peines à quiconque. « C'est moi le chef, je dois être robuste, pour mes collaborateurs. » Surtout ne pas montrer ses failles, ne pas craquer.

Mais, à moi, ils osent parler, parfois pour glaner un conseil. Pour quelle raison ? Probablement parce que je sors de leur cadre, hors business, hors deal, hors rivalité. Je ne suis pas une menace pour leur réputation ni leur autorité… Et encore moins pour leur ego.

Sans avoir aucune compétence en leadership, j'encourage ces « chefs de tribu », ces « guerriers » à parler, à partager leurs doutes, à se reposer sur une personne loyale, à miser sur le collectif, à déléguer pour éviter d'atteindre le point de non-retour, d'appuyer sur ce bouton « on/off », phase ultime de la dépression. Selon l'Observatoire national du suicide (ONS), 75 % des morts par suicide sont des hommes, soit 6 750 chaque année en France, alors qu'ils ne sont pas majoritaires dans les « tentatives ». Mais ils décèdent plus souvent parce qu'ils emploient des méthodes plus létales : la pendaison (60 %) puis les armes à feu (16 %). Pas d'appel au secours, pas de seconde chance, une intention d'en finir catégorique.

Le diktat social, forgé dans le patriarcat, impose au masculin de ne jamais faillir. La vulnérabilité est un péché capital. Pour m'en affranchir, je revendique encore aujourd'hui des phases dépressives « assumées ». Lorsque je suis sur scène, à nu, ma sincérité semble faire effet, permettant à certains de se libérer de ces carcans d'un autre temps. Je n'ai pas de preuves, juste une intuition, devinant sur certains visages comme un soulagement. Si la plupart viennent pour entendre l'exploit, d'autres se sentent interpellés, voire rassurés par mes fêlures. Peut-être s'abandonneront-ils… Je ne parle pas de l'émotion du moment mais de réactions plus profondes, qui se font en solo, en silence. Comme une introspection à retardement qui, j'en suis convaincu, peut avoir un effet libérateur.

Une spirale volcanique

Pour être franc, mon hypersensibilité me met parfois en situation de totale paranoïa. Et pourquoi on ne me comprend pas, et patati et patata ? Ce délire de désamour peut aller très loin : « De toute façon, on ne m'aime pas ! » La sentence est si cruelle que je sombre dans une spirale infernale. Érigée en mécanisme de défense, la colère me protège du sentiment d'être rejeté, ma plus grande frayeur.

Ma solution ? M'isoler en attendant que le *bad trip* passe, notamment pour éviter de blesser l'autre. Parfois Suzana, ma compagne, anticipe, prépare mon fauteuil. Pas un mot, le message est clair : « Va faire ta crise au grand air ! » Depuis que j'habite au bord de la mer, je me jette parfois à l'eau, fais la planche, les bras en croix, le regard porté vers le ciel. Il fait nuit, le bain est glacé, l'esprit vivifié. La méthode est radicale, qui pulvérise toutes les toxines mentales. J'ai fait de l'eau mon élément : ma baignoire, une piscine, la pluie, l'océan... Elle m'enveloppe, me berce et m'apaise. Elle est le remède à mes tourments. Se calmer, se recentrer, faire amende honorable : « OK, je suis peut-être allé trop loin... » Je rentre tout penaud dans l'espoir de me faire pardonner.

Ces écueils dans ma vie intime affectent aussi d'autres sphères. Sur le Dakar en 2017, j'ai atteint le paroxysme. La tension au sein de l'équipe est vive, les conditions de course extrêmes, la fatigue insoutenable. Ayant trop tiré sur la corde, à plusieurs reprises, je me retrouve au volant figé par la surcharge émotionnelle. Arrêt d'urgence, dans l'incapacité de piloter, j'ai besoin d'un temps pour libérer cette mauvaise énergie. Je me mets à crier dans le désert, comme lors de l'entraînement de la Manche où je hurlais dans les forêts, où je fonçais dans la porte de la cabane du jardin avec mon fauteuil pour tout faire voler en éclats. La rage ! Faire sortir cette rage. J'ai ce défaut de prendre tout à cœur. Le « semi-homme » ne connaît pas la demi-mesure.

Il est vrai que ma situation de dépendance complique la donne. Si j'ai acquis au fil du temps une autonomie dont je me félicite, notamment parce que les médecins ont conservé un bout d'os sur mon moignon qui m'offre un résidu de motricité, j'ai encore besoin d'aide pour de nombreuses tâches. J'ai soif, je dois attendre qu'on me désaltère. Je veux entrer dans une pièce, je dois attendre qu'on m'ouvre la porte. Je veux manger, je dois attendre qu'on coupe ma viande. Je vis dans l'impatience d'être « servi », et cette sujétion, insupportable pour les deux parties, fait naître une frustration difficile à endiguer. Je trépigne, je grommelle, quitte à passer pour un capricieux.

Ajoutons à cela que je suis particulièrement réactif à la bêtise, la mauvaise foi, la méchanceté, toute forme d'injustice ou, tout simplement, au manque de civisme. Très souvent, ces réactions sont liées à mon handicap, par exemple lorsque les voitures garées à moitié sur le trottoir m'empêchent de passer en fauteuil roulant ou qu'un conducteur indélicat occupe une place de stationnement réservé. Ces entraves que les personnes handicapées subissent en permanence, sans que personne ne s'en soucie, me font rugir.

Serais-je en train de tricher en faisant passer l'impulsivité pour de l'hypersensibilité ? J'ai découvert à travers deux rencontres que la colère pouvait avoir des vertus insoupçonnées, contredisant l'image très négative et destructrice qui lui colle à la peau.

En 2012, peu avant mon départ pour l'aventure des Cinq continents à la nage, je suis invité par l'hôpital de Poitiers à rendre visite à un garçon de 25 ans qui vient d'être amputé des quatre membres. Franzy Rabin est totalement mutique. Pas une parole, pas une larme !

— Crie, pleure, hurle… Tu as le droit d'avoir mal et de le dire au monde entier. Mais ne reste pas seul avec ce fardeau. Vas-y, lâche-toi !

Face à son absence de réaction, je me sens complètement dépassé. Je l'embrasse faute de pouvoir l'aider davantage puis sors de sa chambre en pensant : « Ça va être dur pour lui. » À ce moment, une infirmière s'approche de moi :

— Nous n'avons jamais eu aucun patient amputé des quatre membres mais le hasard fait qu'il y a aussi une jeune fille de 20 ans, amputée des deux tibias et d'une partie de ses mains après une maladie foudroyante. Elle s'appelle Pernelle Marcon. Elle sait que vous êtes ici et aimerait vous rencontrer.

J'ouvre sa porte et, la découvrant dans un déluge explosif, je comprends que cette jeune fille est une battante. Ayant moi-même traversé cet indicible enfer, je ne suis pas inquiet et m'autorise à la rassurer. Pour elle, ça va aller vite car elle sait évacuer.

Entre deux traversées, je prends des nouvelles de chacun. Pernelle va mieux, Franzy demeure reclus dans son silence. Quelques mois plus tard, j'ai la surprise de recevoir un coup de fil de Pernelle ; elle va bientôt quitter le centre de rééducation, est appareillée avec des prothèses et s'est remise à la musculation. Déjà très sportive avant son amputation, elle reprend la course à haut niveau. Quant à Franzy, il lui faudra attendre près de dix ans pour réaliser son rêve, que j'évoquerai plus tard dans ce livre. Je ne les ai pas lâchés et ils ont tous deux fait quelque chose de leur vie, mais il est indéniable que grâce à l'expression forte du ressenti l'une a repris plus rapidement le chemin de sa vie.

La colère serait donc un moteur, une émotion « saine » qui permet de se défouler, d'évacuer les tensions, d'exprimer son indignation et, in fine, d'avancer. Elle peut également apporter un sentiment de responsabilité plutôt que d'impuissance en permettant à celui qui en est saisi d'être acteur de son destin et de s'indigner avec force face aux injustices. Elle dynamise, encourage à l'action pour résoudre certains problèmes et aide à atteindre ses objectifs. Enfin, elle peut être un message très clair envoyé à celui qui n'a pas respecté nos besoins ou nos valeurs fondamentales. Reste une limite à ne pas franchir : confondre colère et agressivité.

J'ai décidé de vivre

Il est maintenant temps d'aborder l'ultime étape… Mais comment sait-on qu'on entre dans la phase d'acceptation ? Lorsqu'on se lève le matin en se regardant dans le miroir avec un grand sourire ? Non, cela n'arrive pas comme par magie. Après mes deux tentatives de suicide, j'ai admis que je devais et que je pouvais vivre. Vivre une deuxième fois, une nouvelle vie ou poursuivre ma vie, peu importe ; ce que je retiens, c'est la vie.

Le travail avec la psy a permis d'amorcer le processus mais la guérison est incomplète, je ne parviens pas encore à accepter mon nouveau schéma corporel et encore moins ma dépendance. Il me faut du temps pour digérer ce drame extrême et poursuivre ma remise en question. Pour avancer, j'ai une chose importante à faire.

Je réunis ma famille pour lui demander… pardon. Ma mère, surtout, a besoin de cette expiation. Elle évacue, en pleurs, reconnaissant pour la première fois le mal que j'ai pu lui faire.

Surtout, je vais bosser dur ma rédemption. Ma vie est une ruine, une terre brûlée : pas de boulot, pas de diplôme, pas de compagne, un handicap spectaculaire. J'ai fait le deuil de l'emploi, je me sais condamné. Un ouvrier fondeur quadri-amputé, ce n'est pas la panacée. Et comme je n'ai jamais été un foudre de guerre à l'école, autant oublier la filière intellectuelle. Le bilan est affligeant mais puisque la mort n'est plus une option, il me faut reconstruire. Dans ce néant, je sens au fond de moi comme un gargouillement, un nouvel élan. Mais, pour le moment, je n'ai pas le début d'une piste…

Passer à l'action

À la fin de mes conférences, j'attire souvent des confidences, parfois accompagnées de sanglots, parce que mon parcours a trouvé un écho dans l'assistance. Dans un chuchotement, j'entends : « Je ne veux pas vous embêter, mais ce que vous avez dit m'a touché au cœur. » Certaines personnes avec un handicap ou une douleur invisibles m'avouent avoir eu envie de se lever pour dévoiler leur secret, parce qu'elles souffrent de ce silence mortifère qu'elles n'ont pas le courage de briser. Après m'avoir écouté, elles se disent : « Si lui s'en est sorti, si lui assume, pourquoi pas moi ? » Mon témoignage agit parfois comme un révélateur, chacun y puisant ce dont il a besoin. Certains, conscients que quelque chose ne va pas dans leur vie, ne sont pas pour autant capables d'en identifier la raison. Ils se sentent tristes, accablés, révoltés, perdus, bringuebalés, comme dans un tambour de machine à laver en mode essorage, sans soupçonner que la phase qu'ils sont en train de traverser s'inscrit dans un processus au long cours. Il est nécessaire d'en prendre conscience pour mieux l'appréhender. Il ne s'agit pas d'être fataliste mais d'accepter que le temps fasse son œuvre. Aujourd'hui, je suis moins rétif face à une épreuve car je sais qu'après l'ouragan viendra l'apaisement.

Face à ces demandes, je peine parfois à trouver le mot juste car je n'ai pas le pouvoir de pénétrer les âmes et les existences. Chaque personne est unique, chaque réponse aussi. Je ne peux guère faire davantage que de leur livrer un message d'espoir, de détermination et de persévérance. Mon parcours semé d'embûches me l'a démontré à maintes reprises : surmonter l'adversité permet de transformer les doutes et les limites de toute nature en force. Ce peut même être un véritable tremplin vers une vie meilleure, plus riche et intense. En effet, c'est souvent dans l'adversité que se révèlent nos plus belles qualités, nos plus sincères amitiés ou encore la sagesse qui permet de faire face aux situations délicates. Les obstacles qui se dressaient devant moi m'ont fait douter à maintes reprises, mais j'ai décidé d'actionner toutes mes ressources.

Dans ce processus, on peut être facilement distrait par la déception ou le cumul de difficultés mineures. Les émotions nous submergent, jusqu'à paralyser nos ambitions. Pour cela, il est important de commencer par identifier, définir puis hiérarchiser les problèmes qui nous touchent et nous freinent ou les échecs qui anéantissent notre confiance en nous, pour ensuite élaborer un plan d'action plus efficace. Se fixer des objectifs qui nous inspirent et nous motivent, raisonnables et réalisables dans un premier temps.

Il faut également avoir conscience que l'adversité est universelle. Chacun de nous vit des moments difficiles et encaisse des coups durs, à des degrés divers. S'il y a bel et bien un point commun entre tous, c'est leur caractère inévitable. Nos vies n'ont jamais été un long fleuve tranquille… Pour cette raison, il peut être précieux de s'inspirer des histoires des autres afin d'y puiser une motivation supplémentaire. Tout ne se fait pas seul, il est donc important de s'entourer des bonnes personnes. Les conditions sont alors réunies pour passer à la suite. Pour passer à l'action !

Pour ma part, il y a peut-être un remède… Juste un indice ? Il commence par A.

Chapitre 3

L'amour, mon secours !

Mes fils, ma bataille !

Au moment de mon accident, un bébé est sur le point de naître. Grégory vient au monde deux mois plus tard, le 20 mai 1994. À quelques jours près, débarrassé de ma longue anesthésie, je renais moi aussi.

Un beau garçon de 130 centimètres et 45 kilos. Je parle évidemment de moi, propulsé dans le corps d'un enfant dépendant qui doit tout réapprendre. Mon état reste déplorable, mes reins sont détruits, mon cœur peine à palpiter mais, lorsque je sors du coma artificiel, je suis « stabilisé ». Le risque vital est écarté. Je ne ferai pas de lui, ni de Jérémy, âgé de 7 ans, des orphelins. Pour autant, ai-je vraiment envie de vivre ?

Il a suffi d'une phrase… Un jour, Jackie, mon oncle, entre dans ma chambre : « Tu as tes deux garçons, ce serait bien que tu puisses être là pour les guider sur le chemin de la vie. Tu vas devoir te battre… » Cette phrase me fait l'effet d'un électrochoc, pour la première fois. L'oncle Jackie a frappé là où il faut.

C'est pour eux que je décide de « survivre », sans que cette métamorphose ne soit pour autant fulgurante. J'ai recouvré un début de motivation, mais les rechutes sont puissantes. Pourtant, désormais, chaque fois que ma vie vacille, c'est à eux que je me raccroche, même si le quotidien est transformé et les équilibres s'en trouvent ébranlés. Pour Jérémy, j'étais un papa jeune (il est né lorsque j'avais 18 ans), déconneur, bricoleur, très proche de lui. Et, du jour au lendemain, plus rien ! D'autant que, pour de multiples raisons, notamment sanitaires mais aussi pour le protéger de ma nouvelle apparence, il est laissé à l'écart, avec de très rares visites à l'hôpital. Il a reçu la même consigne que les autres de la part de son grand-père : « Il faut être fort devant Papa, ne jamais pleurer. » Je joue le jeu : « Tout va bien aller, mon fils… »

Dans le service des grands brûlés, la présence des enfants n'est pas souhaitée. Environ deux mois et demi après mon accident, alors que je semble sorti d'affaire, on permet à Jérémy de passer un peu de temps auprès de moi. D'ordinaire, je suis nu, allongé sur mon matelas à eau. Alors on me prépare, m'enfile un cache-sexe, me couvre d'un drap. Le rideau s'ouvre. Je découvre sa frimousse derrière la vitre. Il ne voit que mon visage. Nous échangeons quelques mots, puis il s'adresse à l'infirmière :

— Je veux voir mon papa. Vous pouvez retirer le drap ?

En panique, elle m'interroge du regard... J'y consens.

Jérémy découvre mon corps et, avec un calme inespéré, me rassure :

— Maintenant, Papa, je sais comment tu es ! Ne t'inquiète pas, dès que tu rentreras à la maison, je vais t'aider à manger. Et, surtout, je te promets de bien travailler à l'école ! Tu seras fier de moi, mon Papa !

Ce tout jeune garçon n'a pas le droit de flancher. J'ai compris bien plus tard que le silence qu'on lui avait infligé avait été la pire des sanctions. À 7 ans, il a tout compris. Qui l'a protégé, lui ?

Avec le recul, je suis convaincu que notre secret de famille était nocif. Il aurait fallu parler et laisser parler. Tout de suite, sans délai, sans attendre que les interrogations et les terreurs ne s'installent. Aujourd'hui, je dirais tout, dans les moindres détails. Jérémy a été témoin de mon agonie, sur l'échelle, durant d'interminables minutes. Que peut-il y avoir de plus traumatisant ? Comment des mots pourraient-ils heurter davantage que cette image effroyable ? J'aurais dû lui laisser l'opportunité de crier et de se blottir contre moi pour me dire : « J'ai peur. »

Il y a, pour chaque question, une réponse qui convient, même si elle doit être apportée avec précaution, des mots simples, sans métaphore ni trop de détails. Il ne s'agit pas de tout dire à son enfant car il n'a pas besoin d'être plongé dans une vie d'adulte trop tôt mais, lorsqu'il est confronté, de fait, à une situation difficile, une explication s'impose. Il ne s'agit pas de s'épancher et d'en faire un confident mais de ne pas le laisser seul face à ses doutes et ses questionnements. Cela vaut pour la découverte du corps meurtri d'un papa sur un lit d'hôpital mais aussi en cas d'agression, de maladie, de décès, de licenciement ou pour tous les événements percutants diffusés en rafales sur nos écrans : la guerre en Ukraine, le cadavre d'un enfant migrant échoué face contre sable… Qu'est-ce que le poids des mots face au choc des photos ?

J'ai rencontré par la suite des familles qui ont fait la même erreur que moi : taire pour protéger. « Chut, c'est pour son bien. » Or les enfants sont des éponges dotées d'une intuition phénoménale. Je me souviens des mots du tout jeune Théo lors de notre première rencontre : « J'ai eu mal mais Papa et Maman aussi ont eu très mal. » Six ans seulement et une totale lucidité.

Les non-dits peuvent avoir un impact non négligeable : problèmes de peau, de sommeil, énurésie, troubles alimentaires, cauchemars… Lorsque l'enfant s'imagine être à l'origine de la tristesse de son parent, il lui arrive de somatiser. Parler à cœur ouvert permet de le débarrasser de cette éventuelle culpabilité.

Je n'ai pas offert à mon fils cette délivrance. Un temps, il s'est tenu loin de moi, méfiant. Jusqu'au jour où, lors d'une permission de sortie, Jérémy enfourche mon fauteuil. Il y a là une mare aux canards que je traverse à pleine vitesse. Éclats d'eau et de rires. Cet instant a suffi à briser la glace : « Tu as vu, Papa n'a pas changé. » C'est la première fois que je le vois rire à nouveau.

Pour Grégory, mon plus jeune fils, les circonstances sont différentes. Il m'a toujours connu « dans cet état ». Je pense même qu'il est fier d'avoir un papa aussi singulier. Lorsque je vais le chercher à l'école, il s'agrippe à mon dossier et feint de chevaucher sa monture, saluant ses copains avec panache.

En 2001, au moment de notre séparation, je demande à Muriel, avec son accord, de pouvoir garder les enfants ou, plus exactement, de les laisser choisir. Nos maisons sont proches, ils peuvent aller de l'une à l'autre. Ils décident de venir vivre avec moi.

Ai-je élevé Grégory différemment parce que je suis différent ? Je ne crois pas mais peut-être a-t-il été complexé par le fait que je l'ai moins mis à contribution que son grand frère. Durant trois ans, Jérémy est en effet devenu le pilier de notre petite tribu, son dévouement et sa maturité suscitant l'admiration de tous. Un combattant, le héros d'une famille atypique, prenant soin du père et du frère. Grégory, lui, est resté le « petit ». Je pense qu'à cette époque, alors qu'il avait entre 7 et 10 ans, je n'ai pas été à la hauteur. Une fois encore ! Ai-je fait assez attention à ce qu'il ressentait, l'ai-je assez responsabilisé ? Certains m'ont reproché de l'avoir surprotégé parce qu'il était jeune, parce que la rupture de notre couple l'avait fait

« régresser ». À l'adolescence, Grégory s'est détaché de moi, retournant vers sa maman. Les figures masculines d'un papa en dehors de l'ordinaire devenu de surcroît célèbre et d'un frère à toute épreuve étaient-elles trop dures à assumer ? Mes deux fils se sont lancés à leur tour dans le Dakar en 2020 sans que Grégory n'ait visiblement d'aspiration pour ce type d'aventure. J'en conviens : il n'est pas facile, pour lui, de vivre dans l'ombre de deux Croizon.

Si j'ai failli sur bien des points, j'ai transmis à mes fils d'autres atouts, à commencer par la liberté de choix. Enfant, Jérémy voulait devenir officier de gendarmerie. Visant Saint-Cyr, il faisait la fierté familiale. Sauf qu'un jour, il a changé d'avis.

— Papa, j'ai un problème. Je ne veux plus être gendarme et j'ai envie de me diriger vers une école de commerce.

— Il est où le problème, mon gars ?

— Tu avais l'air tellement heureux…

— Oui mais ce n'est pas ma vie. C'est la tienne. Alors, fais !

Pourquoi asservir un enfant aux desseins familiaux ? C'est ce qui m'est arrivé. Quand je suis sorti de l'école, on m'a prévenu : « Tu seras charcutier-traiteur. » Juste parce qu'il y avait une annonce de formation dans ma ville… Moi, je voulais être menuisier, travailler le bois. Mon père s'arc-boute : « Non, il y a une place, tu feras ce qu'on te dit… »

J'ai suivi un CAP durant deux ans. J'ai détesté. Et n'ai plus jamais touché un morceau de viande. Puis j'ai travaillé dans des caves à champignons avant d'entrer à l'usine en tant qu'ouvrier métallo. Pas le choix, pas de diplôme, pas de porte de sortie. J'avais un bébé et certainement déjà cette force de vivre pour lui. J'ai fait ce qu'on m'a dit, jusqu'à ce qu'un terrible accident m'oblige à désobéir… Cette deuxième chance, hors de question de la laisser filer.

Le papa handicapé n'en est pas moins un papa guide qui les a accompagnés et encouragés dans leurs propres désirs. Jérémy s'est empressé d'inculquer à ses propres filles cet état d'esprit de battant, voire un cran au-dessus, sans fixer aucune limite : « Vas-y, fonce ! Fais ce que tu aimes. » Ces deux petites téméraires ne reculent devant rien. Olivia, l'aînée, est une véritable casse-cou, prête à tout, y compris un vol en soufflerie, un moment excitant que j'ai partagé avec elle. À 7 ans, elle me pousse sans cesse à la bêtise : « Allez, prends ton fauteuil, on va faire un dérapage dans le sable. » Nous nous sommes renversés et elle a pleuré mais s'est remise d'aplomb aussitôt pour envoyer une photo à son père. La légende : « On a fait un tonneau avec Papy. » La relève est assurée. Je le sens. Elle a la trempe de ceux qui osent. Et c'est ainsi qu'un long héritage familial s'est brisé !

Je suis « mort » le 5 mars 1994, les jours du reste de ma vie ne sont que du bonus. Et, dans ce bonus, ma priorité est que mes enfants, et j'y inclus mes trois belles-filles, et mes petits-enfants, vivent accomplis. Leur bonheur me suffit.

Pour le meilleur et pour me fuir…

Déchiré, scarifié, en lambeaux. Comment Muriel, ma femme, peut-elle encore me regarder ? Comment puis-je accepter qu'elle me regarde ? Mon complexe est si fort, ma honte si grande. Nous sommes mariés pour le meilleur et pour le pire, mais je comprendrais que ce pire la fasse fuir.

Mon corps est à l'arrêt et je n'ai plus aucun désir. Les médecins sont bien incapables de se prononcer sur un retour possible de ma libido. Et puis, un matin, j'obtiens une réponse. Tout semble à nouveau fonctionner à merveille. Je suis follement soulagé, notre vie intime ne sera donc pas sacrifiée. Jamais nous n'avions parlé de cela car il y avait d'autres choses à panser. Le sujet était compliqué et Muriel ne voulait probablement pas mettre en cause ma virilité.

Si la mécanique fonctionne à nouveau, reste un problème majeur : je redoute que la femme de ma vie me repousse dans l'intimité, ce qui ne sera pas le cas. Même si durant des mois, Muriel est le témoin de mon effrayante métamorphose, nous vivons ce calvaire à l'unisson, avec la pudeur d'un jeune couple uni dans l'épreuve. Elle ne manifeste aucune répulsion, m'accepte tel que je ne suis plus. Durant toute mon hospitalisation, elle n'a jamais cessé d'avoir des gestes aimants, me témoignant une infinie tendresse.

Pourtant, elle finit par me quitter. Sept ans après. À raison. Et, là, désespoir. Sans affection, je ne survivrai pas. J'étais déjà un cœur tendre avant. Le handicap a-t-il renforcé cette nécessité ? Certainement. Ce cataclysme a amplifié mes écorchures et fait naître des angoisses plus vives encore. Cette solitude rouvre des plaies profondes…

L'intérêt limité d'un père, l'amour parfois maladroit d'une mère. L'affection que je n'ai pas reçue, je l'ai recherchée auprès des autres, notamment ma grand-mère. Une fois adulte, je suis resté dans ce même schéma. En permanence. Lorsque la tendresse s'assèche, je dessèche. Je ne suis jamais avare de mots doux, dits du bout des lèvres. J'aime les « Je t'aime », que je prononce avec gourmandise, espérant un écho en retour. Trois mots posés sur une blessure, celle de l'enfant, que je tente encore aujourd'hui d'apaiser…

Lorsque je suis sur les routes de France, j'aime avoir ma mère à mes côtés pour partager quelques heures de complicité. Elle pourrait être tout à moi, mais ça ne se passe pas comme ça. Je comprends. Elle-même n'a pas connu ces élans avec ses propres parents ; pas de bisou, pas de câlin, pas d'affection, pas de démonstration, dans une famille populaire, ouvrière, laborieuse et rugueuse où il n'y avait pas de place pour l'enchantement. La considération qu'elle me porte, elle la dit aux autres. Parfois, lorsque j'arrive dans un hôtel où l'on ne me reconnaît pas, elle interpelle, en douce, dans mon dos : « Vous savez qui c'est ? C'est mon fils, il a traversé la Manche à la nage. » La fierté est-elle sa pudeur d'amour ? Car, face à moi, rien ne filtre, si ce n'est, parfois, une lueur qui brille dans ses yeux. Ce sont ses mots qui me manquent. Sera-t-elle capable, un jour, de me dire « Je t'aime » ? Je ne crois pas. Je ne suis même pas certain de pouvoir l'encaisser, ce serait tellement inattendu, presque violent.

Je pourrais parler à ma mère, mais j'ai peur de « l'importuner ». Je ne sais pas si c'est le mot qui convient, mais c'est celui qui me vient. Je ne veux pas la voir être gênée, et encore moins sangloter. Non. Surtout ne pas percer l'abcès, pour éviter toute confrontation, plus encore avec mon père par crainte de braver son caractère emporté, hérité d'une généalogie inflexible. Chez les Croizon, on ne soigne pas les blessures avec du coton. Pas de conflit, pas de guérison. J'ai la lâcheté d'aimer.

Alors, tant pis, j'ai déposé les armes. Je n'attends plus. Résigné, j'ai maintenant moins mal, juste un peu de vague à l'âme… Ma satisfaction est ailleurs car j'ai réussi à briser cette chaîne avec mes propres fils, tout comme mon frère avec ses enfants, leur offrant un amour inconditionnel, surprotecteur, presque envahissant. Je suis un papa gaga, trop cool assurément, qui couvre de « Je t'aime » sans hésiter.

Durant ces longues années de survie, j'ai toujours su au fond de moi que la déflagration viendrait des sentiments, mon « talon d'Achille » même après qu'il a été amputé. Pour toucher le fond puis remonter à la surface, je devais être confronté à ce qu'il y avait de plus douloureux pour moi, un abandon. Inconsciemment, certainement, j'ai encouragé ma femme à me quitter. *Reset !* Point de non-retour. L'enfant abandonné, l'homme terrassé. À l'amour à l'amor (la mort ?).

Un homme-tronc sur Meetic

Muriel s'en est donc allée... Par qui pourrai-je maintenant être aimé, touché, caressé ? Quelle femme voudrait d'un homme-tronc, avec deux jeunes garçons, vivant sous le seuil de pauvreté ? Un tel spécimen ne court pas les rues et, à l'époque, je ne connais aucun autre cas heureux en amour qui me permettrait de me réjouir. Dans un premier temps, je me fais à l'idée de rester seul, pour toujours. Il m'a fallu trois ans pour sortir de cet abysse. Au fil du temps, toujours avec l'aide de l'infirmière psy, j'ai admis que cette bataille serait éprouvante mais n'était pas perdue d'avance. Je demeure convaincu qu'une rencontre est le seul moteur qui va donner du sens à mon existence. Motivation optimale. Trouver l'âme sœur devient une activité (une obsession ?) à plein temps.

J'ai le culot – et il en faut dans mon état – de m'inscrire sur un site bien connu. Sur le papier, je remplis a priori tous les critères. Mec sympa, coché ! Aime les enfants, coché ! Philosophie de vie cool, coché ! Dans un premier temps, par écran interposé, le charme opère. Je maîtrise parfaitement ma parade amoureuse, savoureux cocktail d'humour et d'empathie, ma tête et mes épaules jouent la séduction à fond. Jusqu'au jour où, après des échanges fructueux et un jeu émoustillant, il faut livrer le colis au complet.

— Et si on se rencontrait ?

— Bah carrément, OK.

— Il y a juste un truc qu'il faut que je te dise et ça va être moins sexy… J'ai eu un accident.

— Ah, mince, c'est pas trop grave ?

— Disons que je suis handicapé.

— Ah oui, quand même !

— J'ai pas de bras.

Silence.

— Euh… Et pas de jambes non plus.

Le truc est si gros qu'invariablement, j'entends :

— Hi hi hi, qu'est-ce que tu es drôle, tu m'auras vraiment tout fait. T'es trop con, toi !

— Bah non, je suis très sérieux.

La réponse me gifle :

— Ah, désolée, ce n'est pas ce que je recherche.

Quand il y a réponse car, le plus souvent, le fil se coupe, net. Je n'entre plus dans aucune case standard. Fin de la transaction ! L'irrésistible « beauté intérieure » n'opère plus, ma bonne bouille et mon humour ravageur ne suffisent plus. La Bête a fait fuir la Belle.

Les premières fois, la douleur est immense. Mais comment leur en vouloir ? Honnêtement, comment réagirais-je si une femme me faisait cette « surprise » ? Je ne suis qu'un menteur, un imposteur. Je finis par comprendre que cela fait partie du « je ». Ou du « jeu » ? Je décide alors de m'amuser un peu, sans objectif concret, un passe-temps, chaque soir. Accro au point de m'inscrire sur trois sites de rencontres et d'élaborer des tableaux Excel pour gérer mon planning de conversations, que je remplis de commentaires.

Malgré cette stratégie, j'enchaîne les râteaux. Je suis même tombé dans le « piège de l'Africaine », celle qui te ferre à coup de « Je t'aime » et t'offre son cœur au bon moment. Elle s'appelle Florence. J'ai rêvé de cette femme à la peau d'ébène, ou plutôt d'IBAN car l'objectif de ce réseau bien orchestré est de vider ton compte en banque. L'enfant est malade, la machine à laver est en panne… Je mords à l'hameçon : « Florence, tu m'as dit "Je t'aime", tu as besoin de combien ? Vas-y, je t'envoie l'argent mais redis le mot magique. » Je suis fou d'elle et accessoirement dépouillé.

Des femmes acceptent de me rencontrer pour quelques flirts, juste une passade. Un handicap comme le mien suppose beaucoup de dépendance et donc d'aidance. Il faut être taillé pour accompagner… Pourtant, je reste confiant, convaincu que la lumière est au bout du tunnel, pas question de capituler. Car, malgré ces échanges « un peu » biaisés par mon handicap, j'ai pris conscience que je peux séduire grâce à mes sourires et ma capacité d'écoute. En toute illogique, cette succession d'amourettes virtuelles a flatté mon ego. C'est donc sur ces qualités que je dois miser. Seule option, en finir avec ce jeu de dupes, cesser de manigancer.

Bas les masques ! Changement de stratégie, je capitalise sur ma singularité.

Mon mirage, mon miracle ?

Elle s'appelle Suzana. Sur sa fiche, est écrit : « 39 ans, maman de trois filles. Aime la nature, partager de bons moments, voyager. Sérieuse ». Il me suffit de quelques lignes pour comprendre que c'est une guerrière. Je lui balance une vanne nulle : « J'ai perdu mes cheveux. Le vent les a emportés. » Elle me répond par une autre, tout aussi ridicule : « Si le vent souffle vers moi, je te les ramènerai. » Cette femme est sublime, athlétique, drôle, d'une infinie gentillesse, elle me plaît. Au diable mon « détail ».

Un mirage, un miracle ? Est-ce vraiment un miracle ? Avec elle, changement de tactique, j'annonce directement la couleur. « Il faut que je te dise tout de suite, je suis quadri-amputé. » Tout est balancé dans un mail d'un kilomètre de long, les détails sans précaution. Faut-il encore s'en convaincre, c'est la sincérité qui a payé. Une fois l'autocensure levée, jusqu'à faire de mon handicap assumé presque une force, les choses fonctionnent. Suzana voit en moi un tempérament déterminé, un homme cash et honnête.

Elle réclame une photo. M'avoue qu'elle est un peu « secouée ». C'est le manque de mes mains qui la chamboule le plus. Mais elle reste.

Nous passons des nuits entières à discuter. Le téléphone est aveugle, alors mon esprit fonctionne à plein régime. C'est sans nous être vus que nous nous sommes dit pour la première fois « Je t'aime ». Il est temps de nous rencontrer. Je suis dans un état d'angoisse maximal, malade comme un chien. Ce passage à la réalité s'annonce cruel. Le sentiment d'amour n'efface pas les complexes. Je redoute son regard sans le filtre de l'écran et plus encore le contact charnel. Vais-je accepter qu'elle touche ma peau froissée ?

Suzana fut d'une efficacité redoutable. La première chose qu'elle a faite, c'est de déposer un baiser sur mes lèvres. Je suis scotché : « Ah oui, quand même ! » La deuxième a été de caresser mon bras gauche, le plus délabré, celui que je méprise tant. Je fonds littéralement. Mes extrémités meurtries sont d'une sensibilité sidérante.

Nous patientons une semaine pour nous aimer vraiment. Ce fut comme une première fois, en plein jour, sans chercher à dissimuler. Elle me croit « décomplexé » ; si elle savait à quel point j'ai peur. Mais, grâce à sa douceur, cette étreinte fut la plus naturelle au monde. Suzana me trouve beau. Elle a la capacité d'aimer au-delà des stéréotypes et des conventions, se dit satisfaite de la façon différente que j'ai de m'engager pour que rien ne manque à notre relation charnelle. Je suis amoureux. Mon cœur s'est remis à battre.

C'est ainsi que notre histoire a commencé, s'est éternisée. Elle dure maintenant depuis plus de seize ans.

La morale, c'est qu'il n'y en a pas. Dans la hiérarchie de l'amour, je partais de très bas, avec un sacré bagage tout rapiécé, et j'ai pourtant rencontré Suzana. Même lorsque la situation semble compliquée, voire désespérée, il est important de capitaliser sur ses forces et de piétiner les diktats d'une société paralysée par la norme. Il y a, dans ce monde, quelqu'un qui nous correspond. J'ai rencontré trop souvent des personnes « atypiques » qui n'estimaient pas légitime d'être aimées. Elles se sont obstinées. C'est aussi ça le dépassement de soi, au sens propre.

Il suffirait donc de s'aimer pour être aimé ? Je le crois, comme un effet miroir. Mais, pour cela, il m'a fallu du temps, des années, subir les affronts, digérer les humiliations. Je me souviens de ce jour où le monstre fut la première fois jeté en pâture…

Dehors, ces regards qui tuent…

J'ai rapidement compris après mon amputation que le regard des autres allait devenir pesant, envahissant, violent. Lorsque je suis sorti pour la première fois seul du centre de rééducation, un univers ultraprotégé, à l'abri, sans jugement, l'extraction a été douloureuse. Nous avions fait quelques virées entre copains pour une pizza ou un cinéma ; tous handicapés, logés à la même enseigne, un peu bruyants et hilares histoire de tenir le monde à distance. Nous allions souvent finir la soirée aux Deux colonnes, un bistrot à deux pas du centre. Au retour, mon fauteuil électrique se transformait en locomotive, tractant des wagons d'ivrognes. Au premier virage, ils chaviraient et allaient s'écraser sur la chaussée, en vrac au milieu des voitures. Les conducteurs, totalement hallucinés, avaient l'indulgence de les rasseoir dans leur fauteuil. Ces regards-là, nous nous en foutions car nous étions défoncés, dans notre bulle un peu suicidaire où aucun de nous n'avait plus rien à perdre.

Mais ce jour-là fut une autre affaire… Muriel et moi décidons d'aller faire des courses dans un centre commercial en région parisienne. Elle pousse mon fauteuil, cette fois-ci manuel, tout en tirant la poussette dans laquelle est assis Grégory. C'est la parade du cirque Pinder. Une pièce unique, sorte d'extraterrestre exposé aux yeux de tous, surtout ceux des enfants, étonnés, parfois moqueurs. Là où je passe, on me montre du doigt, on ricane. J'ai honte et mon malaise est immense. Je comprends à cet instant que je n'appartiens plus à cette société ; je suis une bête de foire que l'on prend plaisir à humilier.

Je ne suis rien. Alors je baisse la tête, incapable de batailler. Il est bel et bien mort le jeune homme viril, au caractère effronté. Jusqu'au moment où nous empruntons le tapis roulant incliné conçu pour bloquer les roues des Caddie mais pas celles des fauteuils roulants ni des poussettes… Muriel lâche son barda, je dévale la pente. En entendant ses cris, des gens se ruent à notre secours. Mais, au même moment, une femme passe avec son mari et ses deux enfants : « On ne devrait pas les laisser sortir, ces gens-là. » En état de choc, souillé, je me laisse submerger par les larmes. Envie de disparaître, pour de bon.

Des passants réagissent, prenant mon parti, mais la bombe m'a explosé en plein cœur. Ce baptême du feu m'a initié au monde du dehors. Il m'a fallu des mois pour me remettre de mon accident, j'ai lutté pour survivre comme personne et n'ai droit à aucune considération, juste du mépris.

Longtemps après cette scène, j'ai refusé de sortir seul. Parfois en bande mais jamais seul. Des expériences douloureuses, j'en ai vécu d'autres, souvent. Mon modèle très atypique – en 1994, on voyait très rarement des personnes quadri-amputées car elles ne survivaient pas au traumatisme ou à la maladie – pousse les passants à se retourner. Dans mon sillage, les fantasmes vont bon train : « Tu crois que c'est de naissance ? Il a eu un accident ? Une moto, peut-être ? » Je suis terrorisé par les gens, peur qu'on me juge, peur de leur dégoût. Certains enfants ont parfois dit de moi : « Ah, c'est dégueulasse ! » J'inspire donc la répugnance ? En termes d'estime de soi, c'est destructeur. Si j'étais bien visible, j'ai préféré disparaître.

Bon courage !

J'ouvre une petite parenthèse… Le constat n'est pas toujours aussi négatif et ils sont nombreux à me témoigner quelques « amabilités ». Or, parfois, cette bienveillance ressemble à une forme de compassion tout aussi embarrassante que les quolibets. Combien de fois ai-je entendu dans mon sillage : « Oh le pauvre ! » D'autres formules aussi : « Par rapport à vous, on ne peut pas se plaindre… », « Et dire qu'il y a des gens qui se lamentent en permanence mais quand on vous voit… ». Ça veut dire quoi au juste ? Que je suis au ras de l'échelle ? Que tu t'imagines à un niveau supérieur qui t'empêche de te plaindre ? Je conseille parfois aux gens : « Prenez un marteau, allez planter un clou et tapez-vous le pouce. Vous n'aurez donc pas mal parce que je suis à côté de vous ? » Pourquoi instaurer une hiérarchie ? Il n'y a pas de petite douleur.

Un autre exemple me met en rogne… Les passants me disent très souvent « Bon courage », comme ils le disent à une caissière en sortant d'un magasin. Qu'y a-t-il de si grave pour qu'on se souhaite « bon courage » en permanence ? Cela sous-entend donc : « Ah ma pauvre, vous êtes caissière, vous avez un métier de m… » Il y a dans cette formule un peu trop de pitié, et j'imagine l'impact sur l'ego à la fin de la journée. Autant qu'une insulte, une politesse appuyée peut parfois s'avérer toxique. Drôle de paradoxe. Il y a quelque chose de trop, de disproportionné, d'autant que, un peu lâche, on laisse finalement l'autre sans se retourner, sans lui apporter le soutien supposé. Cette expression, qu'on emploie à tort et à travers face à des parents d'enfants handicapés, les insupporte. La plupart d'entre eux se contentent d'absorber le choc pour prendre soin et chérir au mieux ; il n'y a pas de courage, juste une nécessité. Si je m'interroge sur cette formulation, je ne suis visiblement pas le seul puisqu'un ouvrage écrit par Philippe Bloch s'intitule : *Ne me dites plus jamais bon courage*. Employée par ceux qui « pensent triste » et les rabat-joie, elle fait partie, selon lui, des douze expressions qui « pourrissent la vie au quotidien ». Bonne journée ou bonne continuation me semblent plus appropriés. Aparté refermé !

De l'amour « propre »

Depuis ce moment blessant, le temps a passé mais la présence de ma nouvelle compagne Suzana ne parvient pas à guérir ma plaie narcissique, laissée à vif. Mon amour-propre est sauvagement sali chaque matin dans la salle de bains. Je suis incapable de croiser mon reflet nu dans le miroir. À la rigueur mon visage, un court instant, pour me raser, demandant à Suzana de dissimuler les chairs brûlées de mon bras sous une serviette. Le summum de la torture, c'est la plage. Il me faut tout cacher ; j'exige qu'on emmitoufle mes moignons dans des serviettes, et, une fois allongé sur le sable, qu'on m'enrubanne comme une momie. Aller jusqu'à l'eau, c'est hors de question.

J'ai dû travailler âprement sur ce supplice avec ma psychologue, jusqu'au jour où j'ai compris que le problème ne venait pas de moi mais de « l'autre ». Je ne suis que le détonateur de sa névrose. On préfère tenir à distance ce qui nous gêne, nous met mal à l'aise et surtout ce que l'on redoute. Je suis celui que tout le monde regarde mais que personne ne veut être. La preuve vivante que les aléas de la vie peuvent générer l'inconcevable.

Ces réactions de rejet, bien que terriblement humiliantes, sont somme toute « humaines ». Je suis aujourd'hui convaincu qu'il y a dans ces offenses plus de peur que de méchanceté, plutôt de la maladresse. Moi le premier, lorsque je vois une personne différente, il m'arrive d'être interpellé, au point d'avoir un coup d'œil un peu trop insistant, sans intention de nuire. Il y a envers l'atypique une forme de curiosité, légitime. Et, en toute franchise, je suis un humanoïde plutôt intrigant.

Je veux bien l'avouer, avant mon accident, j'ai été ce type pas vraiment hostile mais bêtement ignorant ! « C'est quoi un handicapé ? » Je me garais sans scrupule sur les stationnements réservés, la place la plus large, pour éviter qu'on ne raye ma Renault 25 toute neuve au passage d'un Caddie. Plus tard, lorsque j'ai changé de clan, je me suis mis à incendier celui qui prend « ma » place en se justifiant presque toujours par un « C'est bon, je n'en ai que pour cinq minutes » ou encore la version collector : « C'est pas parce que tu es handicapé que tu dois te croire tout permis. »

Ce jugement permanent, qui nous pousse à l'auto-dévalorisation, nous en sommes tous victimes, handicapés ou pas. Les canons de la normalité – ne parlons même pas de beauté – sont implacables et cruels. La tolérance à la différence reste modérée et le harcèlement tue parfois à petit feu. Comment s'en libérer ? En s'acceptant soi-même. Formule éculée mais, concrètement, comment faire ? Pour ma part, c'est le sport qui m'a délivré de mes démons – j'y reviendrai plus tard. Ce corps meurtri n'a jamais failli. Respect ! Il est devenu mon atout, me permettant de me réconcilier avec une image détériorée et longtemps honnie. Je me suis vu autrement, valorisé, libéré. J'ai ajouté à cet arsenal un soupçon d'autodérision qui permet, le cas échéant, d'anticiper les vannes et autres indélicatesses. En les débitant moi-même, je dame le pion aux gaffeurs et malfaisants. Cette révolution prend du temps, s'avère compliquée mais reste la seule issue. Ceux qui se déprécient sans cesse et lancent leurs défauts à la face du monde les reçoivent en pleine tête comme un boomerang.

Si le soutien de Suzana est un élément déterminant dans ma reconstruction, c'est avant tout l'estime que j'ai appris à me porter qui en est la clé. C'est ainsi que j'ai pu commencer à avancer et me libérer de cette emprise sociétale pas toujours tolérante. Aujourd'hui, j'ai fini d'en vouloir aux autres, d'autant que ma notoriété fausse la donne et fait qu'on se retourne sur moi pour d'autres raisons… On me reconnaît, on sait que j'ai la langue bien pendue et l'humeur insolente, personne n'ose plus me molester.

Sur ce long chemin, c'est en me délestant du regard des autres que j'ai trouvé l'envie puis la force de remettre le moteur en marche et d'aller de l'avant, pour mes enfants, pour ma nouvelle tribu, pour ma chérie et pour moi-même. Rien ne peut arrêter l'homme comblé et réconcilié. Pendant presque dix ans, je me suis réveillé chaque matin dans la peau d'une personne handicapée, trop souvent aigrie. Cela a assez duré. Désormais, je redeviens Philippe. Même hyperdépendant, je retrouve peu à peu mon identité et mon tempérament combatif. Je me sens taillé pour de nouveaux défis, y compris reprendre un emploi. Comment imaginer qu'une vague va m'emporter très loin de là ?

Ce n'est pas l'homme qui prend la mer, c'est la mer qui prend l'homme…

Chapitre 4

Les deux font la paire… de Manche

Le grand saut !

Un soir de Noël, mes enfants me tendent une enveloppe. Dedans, un bon pour un saut… en parachute. C'est l'un de mes vieux rêves, j'en ai parlé souvent mais n'y suis pas encore préparé, le défi semble bien trop insensé. Pourtant, j'ai visiblement réussi à embarquer mes proches dans mon délire. Ce cadeau va précipiter ma… « chute ».

Mon vœu est exaucé avec la complicité du club de Royan qui ne paraît absolument pas préoccupé par cette demande inédite. Un autre club, avant lui, avait refusé. Mais le responsable du centre est champion de France de parachute et de voltige, apparemment paré à toutes les audaces. Et, dans ce domaine, elles ne manquent pas ; on a vu à travers le monde des gens sauter avec leur animal de compagnie, nus, et même à 101 ans…

Ce club a adapté son protocole pour que la phase la plus critique, la réception, se déroule au mieux. Il n'est pas nécessaire que le « passager » soit en mesure de marcher, de nombreuses personnes paraplégiques ont déjà tenté l'expérience. Les jambes sont encordées, et un système de poulie les relève au moment de l'atterrissage. Mon cas ne constitue donc pas une difficulté supplémentaire, pas de jambe et rien qui traîne à l'arrivée… Toujours voir le positif !

Juin 2008, Royan. Jour J, jour de folie… Ma famille et mes amis sont présents pour assister à mon baptême. L'avion prend de la hauteur. J'observe le paysage, émerveillé, surexcité. Je suis encore figé dans ma période fainéante et cette parenthèse extrême est d'une jouissance totale.

Altitude de croisière : 4 200 mètres. Alors que le moniteur est assis sur le rebord de l'appareil, mon corps pend dans le vide. Je kiffe, je jubile. L'excitation l'emporte sur l'appréhension. Le top départ est donné : « Mets ta tête en arrière ! » Un, deux, trois… Un tonneau, une toupie, je ne sais plus, les repères sens dessus dessous. Mon cœur manque de se décrocher, et la montée d'adrénaline, puissante, dynamite mon cerveau. L'avion qui s'éloigne. La chute libre, à 200 kilomètres à l'heure. La vitesse qui m'arrache la peau. Impossible de sourire, car le vent s'engouffre dans ma bouche. La minute la plus longue de ma vie.

Une autre toupie et un vol plané face à la terre, le parachute s'est ouvert. Une fraction de panique ; à ce moment-là, alors que mon corps est fortement arrimé au moniteur, je sens mon harnais se désolidariser de quelques centimètres. Imaginant que je viens de me décrocher, je hurle ! Puis je l'entends dire : « Ah, mince, j'avais oublié de te prévenir. » J'entre alors dans la deuxième phase, apaisé et euphorique à la fois. Je ris cette fois-ci à gorge déployée. J'atterris dans un état de bonheur intense mais profondément « défoncé », dans une autre dimension, comme vautré dans du coton. Le shoot est puissant ; il me faudra un bon moment pour reprendre mes esprits.

Comment puis-je imaginer que cette journée va bouleverser mon existence… Il a suffi d'une seule folie pour que d'autres naissent. Un verrou a sauté ; je suis d'humeur « nucléaire », prêt à tout faire péter. Forcément, la tentative est si dingue que les journalistes sont au rendez-vous, un intérêt bienvenu pour envoyer un message optimiste à tous ceux que l'on prétend « empêchés ». Ce saut me permet surtout de mettre en lumière l'association que les parents de Théo Curin ont créée sur mon insistance, En marche pour Théo, afin de financer un vélo adapté. Pour mon protégé, je suis prêt à tous les risques.

J'offre donc mon plus beau sourire aux caméras. Une équipe de France 3 Poitou-Charentes se précipite pour recueillir mes impressions. À la fin de l'interview, la journaliste me demande :

— Et maintenant, quel sera votre prochain défi ?

Dubitatif, un peu malicieux et provocateur, je réponds :

— Je ne sais pas trop. Peut-être traverser la Manche à la nage.

C'est quoi cette divagation ? Elle semble si étrange que mes proches, à commencer par Suzana, feignent de l'ignorer. N'en parlons plus, pas un mot. Quatre mois plus tard, cette même journaliste m'invite sur le plateau du *19/20* sur France 3 pour que je réagisse à des propos que Nicolas Sarkozy, alors président, a tenus sur le handicap. À la fin du direct, elle revient à la charge :

— Alors, Philippe Croizon, vous avez un défi, traverser la Manche à la nage ?

Sans savoir pourquoi, je réitère :

— Oui, oui. En effet…

Histoire de pousser le délire un peu plus loin, j'explique que les ingénieurs ont commencé à travailler sur des prothèses. Alors qu'en fait, pas du tout ! Et, pour me griller définitivement, j'annonce que mon département, la Vienne, est à 100 % derrière moi. En direct, plutôt que de la jouer modeste, je choisis l'option mytho.

Dans les coulisses, Suzana pense : « Merde, il est en train de péter un câble. » Je la retrouve dans la loge de maquillage, me dévisageant avec de grands yeux ébahis. Je lui adresse mon sourire le plus mutin :

— Est-ce que tu serais partante ? Parce que je vais devoir m'entraîner dur et je vais avoir besoin de toi…

Refusant manifestement de me contrarier, elle prononce, timidement :

— Oui, si tu as besoin je serai là, mais pas trop souvent, une ou deux fois par semaine.

Pour de vrai, c'est quoi cette Manche ? En réalité, je n'en sais rien. De retour à la maison, nous nous ruons sur Internet : 38 kilomètres, dans une eau à 14 °C et seulement 10 % de réussite chez les valides, c'est une autre paire... de Manche ! Suzana est sidérée et me rappelle qu'il faudrait quand même que j'apprenne à nager. Je la rassure :

— Je vais nager sur le dos, tranquille !

Avec le recul, une femme saine de corps et surtout d'esprit à qui son chéri quadri-amputé annonce qu'il va se lancer dans l'Everest de la natation, ne le suit pas. Eh bien Suzana, si. Plus qu'à mon défi, elle croit à mon envie. Peu importe que j'aille au bout, ce projet va m'extirper des séries B avalées en boucle depuis mon canapé. Et puis, de toute façon, je suis coincé puisque j'ai fait cette stupide déclaration devant des milliers de téléspectateurs et pas mal de gens du coin. Advienne que pourra. Je vais devoir la traverser, cette Manche... Question d'orgueil !

Comment une telle idée a-t-elle pu naître dans mon esprit ? À vrai dire, ce vieux rêve était enfoui au fond d'un tiroir de mon cerveau, recouvert de toiles d'araignées et de poussière. Après mon accident, j'ai stagné de longs mois sur mon lit d'hôpital, jusqu'à ce soir où je tombe sur un reportage de *Thalassa*. On y voit une jeune Française qui vient d'achever la traversée de la Manche à la nage. Elle s'appelle Marion Hans, n'a que 17 ans. Elle s'entraîne depuis l'âge de 14 ans, fait sa première tentative à 16, échoue, revient un an plus tard. Je suis captivé par cette jeune femme portée par l'enthousiasme de son équipe. À cet instant, furtif, l'émotion est si forte que j'oublie que je n'ai ni bras ni jambes. Secrètement, je me dis : « Pourquoi pas moi ? Un jour ? »

C'est la suggestion qu'un jeune homme désespéré fait à la vie. Cette idée est restée en sommeil car, déjà, je pressentais que l'eau pourrait être la meilleure alliée de mon corps martyrisé. À l'époque, j'en ai « vaguement » parlé à mon père, lui suggérant même de se renseigner pour confectionner des prothèses de nage. Il s'est demandé où son fils pouvait bien aller chercher de telles inepties. J'en ai également touché deux mots à mon ex-patron des Fonderies du Poitou le jour où il m'a licencié – à l'amiable, je précise : « Un jour, j'écrirai un livre, je conduirai ma voiture et je traverserai la Manche à la nage. » Il m'a juste répondu : « Waouh. » Admiratif, sceptique ? Je ne suis pas certain qu'il y ait cru, sauf pour la voiture puisqu'il m'en a offert une quelques mois plus tard, mon premier véhicule adapté. Si, après mon accident, j'ai fait de *Carpe diem* mon mantra, ne vivant qu'au jour le jour, ce fol espoir a certainement nourri mon mode survie. Mon esprit, bien malgré moi, s'est fixé cet objectif improbable pour ne pas vaciller. Ce rêve était une bouée à laquelle j'allais pouvoir me raccrocher.

Pourquoi seize ans après ? Pourquoi maintenant ? La réponse se nomme Suzana. Je l'imagine assez forte pour encaisser, assez généreuse pour me porter. Pour le moment, nous avançons dans une béate insouciance. La marche à franchir est en réalité infranchissable mais aucun argument, aucun chiffre, aucune distance ne vient entamer notre motivation. Après deux tentatives de suicide, je suis conscient que ma vie pourrait, un jour, à nouveau être en danger. « Mon gars, c'est maintenant ou jamais ! » L'urgence a été plus forte que tout, plus forte que moi. Cette impérieuse nécessité a nourri mon inconscience. Un joli pied de nez à la mort ! Eh ben, maintenant que t'as bien fait le malin, t'es content de toi ? Me voilà dans la m...

Pour resituer clairement le contexte, je suis un ex-ouvrier métallo, réduit de moitié, qui ne sait pas nager, gras comme un lardon et dont la seule performance physique est de manier la télécommande. Un modèle unique, plutôt « au rabais », pas vraiment conçu pour la nage extrême.

Cette folie ne fait, de toute évidence, pas l'unanimité autour de moi, loin de là. Les empêcheurs de se jeter à l'eau se répartissent en deux clans. Il y a d'abord ceux qui m'aiment et ont peur pour moi, à juste titre. Là, on ne parle pas de dix longueurs dans une piscine. Ceux-là vont tout faire pour me dissuader. Ma mère, surtout, dès les premiers instants. Cette inquiétude vaut pour toute forme de tentative : partir vivre au bout du monde, changer de cap professionnel, monter une entreprise. Nos proches ont peur de tout, de la séparation, de la mort comme de l'échec. Cette catégorie, disons « affective », est un premier obstacle.

Et puis il y a le deuxième clan, celui de ceux « qui ont peur pour eux ». Nettement plus redoutables. « Son défi est super chouette mais si lui, le quadri-amputé, réussit alors je ne suis vraiment qu'un bon à rien ! » Bien sûr, ce n'est pas ce qu'ils te disent en face : « Non, ne fais pas ça, c'est trop dangereux. Et tu te rends compte le temps que ça va durer. » Ils invoquent notre amitié pour dissimuler leur propre lâcheté. Suis-je trop radical dans mes propos ? J'ai croisé assez de briseurs de rêves pour les identifier…

Mais ce n'est pas leur vie, c'est mon envie. J'entends cette petite voix intérieure qui me supplie de me faire confiance. Je peux y arriver, j'en ai maintenant la certitude. L'inconnu est mon meilleur allié, car je ne mesure pas encore l'étendue de ce que j'entreprends. Comme pour le saut en parachute ; j'ai réitéré l'expérience et c'est la deuxième fois que j'ai eu peur car j'ai pris conscience du risque auquel je m'exposais. L'envie est « vierge », débarrassée de toute crainte ; c'est là sa force pour mater la raison.

Alors, pour continuer à vivre, la Manche sera mon moteur. Jusqu'à la folie ?

Touché, coulé !

Petite mise en jambe, quelques exercices pour dérouiller la machine durant un mois et demi avant de me jeter à l'eau, au propre comme au figuré. Le hic, c'est que mes performances en matière de natation lorsque j'étais « valide » étaient précaires, celles d'un autodidacte qui flottait plus qu'il ne nageait, la tête hors de l'eau, incapable de faire un crawl. Donc, sans bras sans jambe, c'est la débâcle.

Un grain de folie me permet malgré tout de mobiliser autour de moi une petite équipe qui découvrira bientôt l'étendue des dégâts à l'occasion de mon baptême de natation. Il y a tout d'abord la pièce maîtresse, Valérie Carbonnel, l'entraîneuse de natation missionnée par la mairie de Châtellerault qui panique, mon kiné Bruno Klein qui pense qu'il s'agit d'une caméra cachée et Suzana, amoureuse et résignée. J'ai aussi intégré un préparateur physique, Thomas Lequeux, issu de l'armée, expert en sports de combat, qui officie dans l'un des trois clubs de sport de la ville ; les deux autres m'ont gentiment refoulé. Je crois qu'il a craqué pour ma bouille : « Tu fais ce que je te dis et tu ne bronches pas ! » En gros, nage et tais-toi. Sa poigne me séduit, j'accepte le contrat. Quant à ma ville, elle m'a offert un accès illimité à la piscine. Tous semblent contents pour moi, n'ont pas vraiment d'objectif et se disent : « Le petit poisson va barboter, ça lui changera les idées... »

Penchée au-dessus du bassin, l'assistance reste sans voix, interloquée.

— Il est passé où celui qui a promis de traverser la Manche à la nage ?

— Bah, au fond !

— Ah oui, il a pas compris, il est parti vers le bas...

— Euh, faudrait peut-être aller le chercher, il est tout violet !

— Je crois qu'il nous fait des signes.

— Des petits signes, c'est pas très flagrant.

— Oui mais faudrait quand même aller le repêcher…

Je suis bloqué, incapable de remonter car je porte à chaque moignon de jambe un prototype de prothèses de 3 kilos de mousse, de boulons et de plastique fabriquées en catastrophe. Les amateurs de plongée comprendront que personne ne peut s'en sortir.

Valérie se jette à l'eau. Folle de rage, elle me dit d'enlever mes enclumes et ordonne : « Mets-toi sur le ventre et nage ! » Je suis en panique totale et mets une éternité pour parcourir les 25 mètres. Je m'accroche et, d'un œil, aperçois leur visage déconfit. Valérie me sermonne :

— Mais tu veux vraiment faire ce truc ? Allez, arrête tes conneries, rentre chez toi. Personne ne t'en voudra. Bon, OK, t'as dit ça à la télé mais ça sera vite oublié.

Je la regarde sans ciller :

— Non, je ne rentre pas chez moi. Plus jamais je ne retournerai dans mon canapé. Je dois changer ma vie.

Inébranlable, j'ajoute :

— Faites-moi traverser !

Finalement, le groupe se consolide autour de mes lubies, avec Arnaud de Courreges le doc ou encore Éric Pasquier le prothésiste. Plus tard, Arnaud

Chassery et Jacques Tuset, tous deux nageurs en eau libre, des pointures dans leur domaine, viendront se joindre à nous. Je suis piégé, plus question de faire marche arrière au risque de passer pour un con. Pour moi, pour eux, je vais devoir me surpasser. Il ne s'agit en aucun cas de « prendre une revanche sur la vie », car je ne lui en veux pas. J'ai accepté mon parcours, avec ses cassures, voilà tout. À la revanche, je préfère le « rêve ». Juste une envie !

Dans cette obsession, je suis parti trop fort, trop dur, trop vite. Assez rapidement, tout a cassé. Personne n'avait jamais porté des prothèses, un nouveau modèle pourtant allégé, qui allaient détruire mes jambes en un rien de temps. Il m'a fallu innover, encore et encore, et apprendre. Le terrain est vierge, il y a tout à explorer. Nous sommes des pionniers prêts pour l'erreur.

Cette préparation a duré deux ans. Deux ans d'abnégation, de souffrances intenses. J'ai pleinement conscience des difficultés mais suis porté par le dévouement inconditionnel de Suzana. Un temps, nous avons disparu, vivant en totale autarcie. Plus personne ne vient frapper à notre porte car, hiver comme été, parfois par moins 5 °C, je m'entraîne dans un lac tandis que Suzana fait les cent pas sur la rive pour m'encourager. Durant vingt-quatre longs mois, je n'ai appris à faire qu'une seule chose : nager ! Monotâche, obsessionnel, rivé sur l'objectif. Pas de vie sociale, pas d'amis, pas de vacances, pas de loisirs, pas de week-end, pas de répit. Rien ne peut percer notre bulle, au point de négliger parfois nos propres enfants. Il y a eu deux mariages dans ma famille auxquels nous n'avons pas assisté. Cette parenthèse fut dévorante mais nous n'avons rien lâché.

Le jour le plus long

18 septembre 2010. Top départ depuis les côtes anglaises. On me parle, me livre les derniers conseils mais impossible de répondre car je suis dans une concentration maximale. Suzana m'enduit de graisse, m'aide à enfiler ma combinaison. Arnaud et Jacques me déposent dans un grand drap pour me mettre à l'eau. Silence. Ce mutisme m'accompagnera durant toute la traversée. La seule autorisée à me donner des consignes, c'est ma coach. Une conversation technique, factuelle, juste les informations dont j'ai besoin. Une fois dans l'eau, je me transforme en machine de guerre, endoctrinée par la nage extrême. C'est entre la mer et moi.

Après plus de huit heures, lorsque la nuit est tombée, je sens que mes forces commencent à manquer. Je supplie ma coach de me dire à quelle distance je suis des côtes françaises. Elle me répond :

— Ta gueule, nage !

Je puise au plus profond pour ne pas perdre pied. C'est grâce à plusieurs mois de pratique en sophrologie que j'ai trouvé, durant ces heures interminables, les ressources pour avancer. La frayeur, ce fut pour l'arrivée. Il fait nuit noire, la tempête s'est levée. Ce sont les derniers mètres, 800 peut-être. Pour atteindre la plage, je dois me frayer un passage parmi les rochers, qui m'écorchent tandis que le ressac me ramène vers le large. L'esprit est totalement conditionné, comme un shoot surhumain, rien ne peut l'arrêter, pas même un corps à l'agonie. J'implore la Manche de me laisser passer, m'adressant à elle comme si elle était une entité vivante. Je me débats dans une houle déchaînée. À bord du bateau, ceux qui m'accompagnent me supplient de jeter l'éponge : ma chérie d'abord, mon médecin, l'huissier qui doit valider la performance et même les pêcheurs anglais qui nous louent l'embarcation. Je n'entends plus que leurs cris, l'angoisse d'un drame. Leur peur est virale, elle me martèle. Mais, après deux ans de calvaire, il est inconcevable de renoncer. Je fonce comme un kamikaze prêt au sacrifice.

Jusqu'au moment où mes deux compagnons émérites, Arnaud et Jacques, se jettent à l'eau. Le règlement interdit qu'ils me touchent, mais ils sont à mes côtés pour donner de la voix et m'encourager. Ayant pleinement intégré mon rêve, ils me rejoignent dans mes tourments au mépris de leur propre vie. Leur confiance décuple ma rage, celle dont j'ai besoin pour toucher au but. L'huissier pète un plomb car, pour attester que la mission est bien remplie, il doit rester à proximité. Il se voit donc contraint d'embarquer dans une chaloupe avec l'un des pêcheurs. Heureusement, il ne sait pas à cet instant que le bateau de l'huissier du nageur précédent s'est disloqué contre la falaise ; un hélicoptère appelé à la rescousse a retrouvé le notable près de Boulogne, totalement frigorifié.

Dernier corps-à-corps avec la mer, celui d'un forcené. Une vague me propulse sur les rochers. J'ai touché terre ! Pas le temps de savourer ma victoire, une autre menace de s'abattre sur moi. Arnaud et Jacques m'agrippent juste à temps pour me rejeter vers le large. Le règlement nous interdit d'accoster en France où nous serions considérés comme des clandestins. Notre trio décampe avant le naufrage. 38 kilomètres, 13 heures et 26 minutes.

Dans ce tsunami de contraintes, de folies, d'émotions, de tortures, le plus difficile n'a pas été l'exploit mais de quitter ce groupe qui m'a transcendé. La joie de la victoire mêlée à la tristesse de la séparation, durant des jours et des nuits. Les vagues à l'âme et les larmes au goût de sel.

La Manche sur grand écran

De cette formidable aventure, j'ai toujours rêvé qu'on fasse un film parce que, même si j'en ai déjà fait le récit dans des livres, j'ai conscience que le 7e art est bien plus efficace. En toute modestie, je pressentais Bruce Willis pour incarner mon rôle. Parce qu'il est chauve ? Parce qu'il est dingue ? Mais la vie a rattrapé le super-héros ; aujourd'hui atteint d'aphasie, cet acteur légendaire a perdu l'usage de la parole. Il me faudra donc trouver une autre voix. Ce projet est en effet sur le point de voir le jour grâce à la réalisatrice Marie-Castille Mention-Schaar. On lui doit *Le ciel attendra*, *A good man*, *Les Héritiers*... Elle aime les histoires vraies, les histoires folles comme celle de cette jeune femme de 17 ans d'origine algérienne qui vit à Saint-Denis et rêve de diriger un grand orchestre : *Divertimento* est sorti en janvier 2023. Marie-Castille se jette maintenant à l'eau à mes côtés, avec une intrigue qui couvre ma rencontre avec Suzana puis notre traversée. Le tournage devrait démarrer en 2024. Quel acteur pour relever ce défi ? Secret !

À l'abordage des continents

Deux ans plus tard, j'ai réitéré pour un défi planétaire, cette fois-ci en binôme avec Arnaud Chassery. Il s'agit de relier les cinq continents via quatre traversées en quatre mois, en cent jours exactement : Océanie-Asie, entre la Papouasie-Nouvelle-Guinée et la Papouasie indonésienne ; Afrique-Asie, entre l'Égypte et la Jordanie ; Europe-Afrique, entre l'Espagne et le Maroc par le détroit de Gibraltar ; Asie-Amérique, entre l'île de la Petite Diomède (États-Unis) et celle de la Grande Diomède (Russie) par le détroit de Béring. Encore faut-il trouver un nom à cette expédition. Il nous vient comme une évidence, un jour, au cours d'une conversation. Nous allons « nager au-delà des frontières ». Une analogie avec « Médecins sans frontières » peut-être.

Plusieurs mois de natation à raison de cinq heures par jour, sept jours sur sept, soit entre 10 et 15 kilomètres de longueurs quotidiennes, devraient suffire. Un entraînement complété par trois séances de musculation par semaine avec mon préparateur physique, Thomas, ce colosse de 1,85 mètre qui ressasse inlassablement sa devise : « Ce n'est que dans la douleur qu'on progresse. »

« Nager au-delà des frontières », ce n'est pas seulement nager. Ce n'est pas seulement franchir des frontières. En relevant un tel défi, l'un valide, l'autre handicapé, nous espérons faire tomber les barrières et les préjugés en partant à la rencontre des singularités qui peuplent notre planète. Les personnes avec un handicap physique, mental ou psychique sont très souvent confrontées aux inégalités, à la discrimination, parfois même au mépris. En relevant ensemble ce défi, nous voulons démontrer que le handicap n'est pas une fatalité. Avec de la volonté, chacun, qu'il soit valide ou non, peut repousser ses limites et accomplir de grandes choses. À travers cette tentative universelle, nous voulons porter haut des valeurs comme le courage, l'abnégation et la force de vivre. C'est durant ces quelques mois que sont tournées les séquences du documentaire *La Vie à bras-le-corps*.

Chapitre 5

Le sport, corps à corps

Mon corps ? Après l'accident, il n'est pas mon ennemi mais longtemps je l'ai fui. J'abhorre ma nouvelle image. Ces chairs incendiées ne sont pas les miennes. Surtout le côté gauche, amas de peaux rôties sur un os saillant. Cette vision, répugnante, m'est insupportable. Pourquoi suis-je si peu reconnaissant ?

Mon corps, malgré cette déflagration, a résisté. S'il mérite tout mon respect, je suis incapable de lui témoigner une quelconque affection. Cet évitement va durer plus de dix ans. Je veux conserver le souvenir de ce qu'il était. Mes nuits sont complices de ce déni puisque, dans mes rêves, même trente ans après, j'ai toujours mes bras et mes jambes. Pas de moignon, pas de fauteuil, pas de prothèse. Je marche, je cours. L'inconscient est amnésique. Au réveil, j'ai la sensation d'avoir vécu pleinement le moment, une aubaine, comme pour un prisonnier en liberté conditionnelle. Furtif mais intense.

« Entier » je le suis aussi, parfois, en étant éveillé. Contre toute attente, j'ai toujours de drôles de sensations dans mes extrémités. On appelle cela la douleur des « membres fantômes ». Le cerveau, refusant d'enregistrer la métamorphose, envoie un premier message, par exemple au muscle de la main pour qu'il se contracte. Puisqu'il n'y a plus rien au bout, il insiste et renvoie un courant un peu plus puissant. Toujours rien. L'intensité du message va alors crescendo. Ces « fantômes » me harcèlent sans cesse après l'amputation, si bien qu'on me prescrit des neuroleptiques. Près de 90 % des personnes amputées d'un bras ou d'une jambe ont la sensation que leur membre perdu est toujours bien présent, et, parmi eux, 80 % ressentent des douleurs. Les scientifiques ont observé que, lorsqu'une personne cherche à bouger les doigts qu'elle n'a plus, la représentation de sa main « s'allume » dans son cortex somatosensoriel, région du cerveau vers laquelle sont transmises les informations reçues grâce au toucher et au mouvement. Aucune étude n'a vraiment élucidé ce « mystère ».

Au fil du temps, ces décharges électriques se sont espacées mais je continue d'endurer cinq ou six attaques par an. Dans le bras gauche, puis dans la jambe droite, symétrique ou pas, en haut, en bas... Une totale anarchie. Je n'ai jamais réussi à identifier l'élément déclencheur de ces crises violentes et insoutenables qui peuvent durer une heure ou deux, voire une journée. Pour y remédier, je fais des exercices de respiration, tente de m'apaiser et d'occuper mon esprit en regardant un film, en travaillant sur mon ordinateur. Certaines personnes sont contraintes de mettre leur moignon dans un congélateur pour l'engourdir. Lorsque ces crises surviennent la nuit, c'est un supplice ; je mords le matelas et encaisse. Mes fantômes se manifestent aussi par une sensation de fourmillements dans les mains, presque en permanence, si bien que je n'y prête plus attention. Mais pas question d'avaler des neuroleptiques, ils m'ont trop assommé…

Ces douleurs se sont réellement atténuées lorsque je me suis mis au sport. Durant les deux ans d'entraînement pour la Manche puis pour les Cinq continents, je n'ai souffert d'aucune crise, même si elles furent remplacées par d'autres supplices, ceux de l'entraînement intensif. Mon cerveau, dévasté par ce que je lui infligeais, n'avait semble-t-il plus le temps pour ces « caprices ». Avais-je trouvé mon « remède » ? Le sport allait-il devenir un atout majeur dans ma reconstruction, un facteur de résilience essentiel ?

Il a fallu de l'obstination pour que la chrysalide se transforme en… bourdon ! Néosportif, je dois tout d'abord me soumettre à une batterie de tests pour m'assurer que mes organes sont intacts. Mon ventricule gauche a été en partie brûlé, ouvert à deux endroits, lardé de cicatrices ; le risque vital n'est donc pas négligeable. Mon petit cœur bien meurtri s'est enrobé de graisse. Je commence par une heure d'activité par jour, avec un kiné : abdos, dorsaux, mouvements rapides pour que le palpitant monte gentiment en pression. Le résultat est loin d'être mirobolant : je suis essoufflé, me traîne, arrive à peine à respirer, rien ne va, rien ne tient. Il me faut dix minutes pour récupérer de trois pompes, mais je m'accroche car mon rêve me mène à la baguette. Dans un premier temps, je reçois le soutien des médecins qui voient dans ma démarche un chemin possible vers la guérison.

Pourtant, le feu vert vire bientôt au rouge. Prenant conscience des exigences de ma folie, je dois monter en cadence, jusqu'à ne plus manifester aucune empathie pour mon organisme. Le partenaire devient esclave, qu'il obéisse, se taise et se soumette... Je le maltraite. Il se rebelle : « Mais qu'est-ce que tu es en train de me faire, abruti ? Tu n'as rien foutu pendant dix ans et tu me colles un tempo de malade. » La sentence est radicale : tendinites, élongations, crampes, suffocations, palpitations. Panique générale ! Aux commandes, il y a un tyran parti bille en tête, sprinteur ingérable, mon cerveau. Tous les nageurs longue distance le savent : le mental, c'est 75 % de la réussite mais rien n'est possible sans les 25 % restants. Mon kiné sonne l'alerte, ordonnant un mois et demi de repos. J'admets qu'il me faut ralentir le rythme et être davantage à l'écoute pour éviter la casse et avoir une chance d'aller au bout de ce marathon.

Après cette pause forcée, je dois reprendre les cadences, parfois infernales, et Valérie, aux manettes, manifeste une belle ardeur à l'ouvrage. Tous mes partenaires n'ont pas le même parcours. Pour leur propre tentative de traversée, Arnaud et Jacques se sont imposé des entraînements plus *lights* car leur potentiel initial est bien supérieur au mien. L'équation est imparable : une moitié d'homme pour le double d'efforts. Il m'est arrivé de les appeler, en panique : « Valérie est en train de me tuer. » Je suis épuisé, rincé, ruiné… Je les supplie : « Téléphonez-lui, les gars, faut qu'elle se calme. »

Lorsque j'arrive le lendemain matin à l'entraînement, elle m'attend, imperturbable :

— T'as appelé Arnaud ? Tu devais faire trois heures, t'en feras six.

Mille fois, je l'ai maudite. Elle me répète : « Tu veux réussir ton objectif de taré, alors ne me demande pas d'être sympa avec toi. » Message reçu, j'encaisse ses ultimatums sans broncher :

— J'en ai rien à foutre que tu aies mal. Tu fais ce que je t'ai demandé, tu continues, tu vas au bout.

Une fois, à la fin d'un entraînement, en pleine tempête, au large de l'île de Noirmoutier, je rentre au port au bout de 5 heures et 55 minutes. Depuis sa vigie, Valérie tend la main et ordonne :

— Il reste 5 minutes, tu repars.

Même au bout du « rouleau », elle ne m'accorde aucune pitié. C'est pourtant grâce à elle, grâce à eux, que j'ai réussi. Sans cette fille qui m'engueule tous les jours, sans cette équipe à l'énergie de dingue, je n'aurais jamais réalisé mon rêve. Quand le moral de l'un vacille, l'autre remet du baume au cœur, même avec rudesse. Pour une épreuve comme la Manche, il faut une préparation tous azimuts : 2 ans, 35 heures de natation par semaine, 4 000 kilomètres au total. Rien ne peut aboutir sans un esprit acéré, conquérant et entièrement dévoué. Lorsque j'ai recommencé à m'entraîner pour les Cinq continents, j'ai eu peur de poursuivre avec Valérie tant j'en avais bavé. Je croyais pouvoir le fairc en solo et j'ai morflé. J'ai nagé sur mes lauriers, pas assez entraîné, les conseils de la pro m'ont manqué.

Avant de me doper à l'activité physique, j'étais accro aux médicaments. Un pour le mal de dos à cause de mon manque d'activité, et, comme il me faisait mal au ventre, un autre pour me soulager. Pour compléter ce cercle vicieux, d'autres encore, jusqu'au soir où j'avalais une ultime pilule pour m'endormir. À partir du moment où je me suis mis à la natation, j'ai tout arrêté... Mon corps se transforme, mes muscles se dessinent, je n'ai plus besoin de cette came toxique. Plus de mal de dos, de ventre et des journées suffisamment épuisantes pour me jeter dans le sommeil comme un bébé.

Et, lorsque je ne dors pas, je poursuis mes expérimentations, notamment en plongée, dans la mer comme en bassin. En 2013, je tente un record du monde. Le rendez-vous est pris en Belgique, à Bruxelles, chez Nemo 33, l'une des fosses les plus profondes au monde, 33 comme le nombre de mètres. Malgré quelques hésitations et des soucis de décompression aux tympans, je pulvérise mon record personnel de 20 mètres devant les caméras d'une douzaine de télés, partageant cette tentative insolite avec une quinzaine de vétérans âgés de 63 à 86 ans. L'idée est de totaliser 1 000 ans à nous tous pour prouver que ce sport libérateur est accessible à tout âge et même en cas de handicap lourd. Pari réussi. C'est grâce à ces excès et autres fantaisies que mon corps, cet ennemi juré, est devenu mon allié. Le sport m'a sauvé.

Sport sur ordonnance

À la fin de la Seconde Guerre mondiale, au sein de l'hôpital de Stoke-Mandeville (Angleterre), Sir Ludwig Guttmann, un médecin juif qui a échappé à la barbarie nazie, fonde un centre pour des soldats victimes de lésions à la colonne vertébrale lors des combats. Il y introduit la pratique sportive, certain qu'elle peut être bénéfique pour ses patients, d'abord en remobilisant le corps, ensuite en évitant l'ennui de la vie en hôpital. Guttmann est également convaincu qu'elle favorise l'autodiscipline, la sociabilité et l'estime de soi, trois valeurs essentielles pour la réintégration sociale. Sa théorie, convaincante et universelle, fut étendue dans les années 1960 et 1970 auprès de toutes formes de handicaps, y compris sensoriel, psychique ou mental, jusqu'à inspirer les premiers Jeux paralympiques organisés officiellement à Rome en 1960.

Après des décennies confidentielles, les parasports commencent aujourd'hui à sortir de l'ombre. Une véritable dynamique s'est enclenchée lors des Jeux paralympiques de Londres en 2012, proposant un spectacle populaire, drainant des millions de spectateurs et battant des records d'audience. Au-delà des prouesses sportives, ces athlètes offrent des parcours fabuleux, histoires souvent tragiques et destins brisés d'hommes et de femmes qui se sont surpassés pour assurer leur survie.

Faisant écho au dessein initial de Guttmann, le bénéfice n'apparaît pas uniquement dans la haute performance. Le sport qui fut longtemps l'étoffe des héros se démocratise, portant le message qu'il est bon pour tous. Il s'impose également comme outil de résilience, notamment en cas de maladie invalidante, de handicap, de grand âge, de dépression. Longtemps, on a conseillé aux patients de rester... patients, pour ne pas dire « inertes » : « Ne prenez pas de risques, ménagez-vous. » Or, aujourd'hui, avec une population plus sédentaire que jamais, un surpoids généralisé, des maladies chroniques de plus en plus fréquentes et une population vieillissante, la promotion de l'activité physique, notamment adaptée (APA), est devenue un axe majeur de santé publique, d'intérêt général. La pratique régulière permet de construire un solide capital physique, physiologique et psycho-social, antidote essentiel pour prévenir toutes formes de maladies.

De plus en plus de médecins se rangent à ce constat, prescrivant du sport sur ordonnance. Selon la Haute Autorité de santé, le verdict est sans appel : la balance bénéfice-risque penche largement en faveur d'activités de la vie quotidienne comme la marche, le vélo ou les escaliers, qui ont le mérite d'être gratuites et facilement praticables. L'Organisation mondiale de la santé préconise deux heures et demie d'activité d'intensité au moins modérée par semaine, réparties en trois à cinq séances. En France, le ministère de la Santé communique à tout va sur trente minutes d'activité minimum par jour, faisant du sport pour tous une véritable stratégie politique à consommer sans modération.

Si j'ai aujourd'hui ralenti le tempo, plus replet que jamais, je reste un adepte assidu. C'est un bon moyen d'échapper à la routine, au réveil qui sonne à la dernière minute, aux préparatifs fissa fissa ! Métro, boulot, dodo et le stress crescendo. Pas de temps pour soi. Alors pourquoi ne pas se lever un peu plus tôt pour faire quelques exercices : bouger la tête, effectuer des étirements, des mouvements de bras, de jambes ? Réveiller son corps et surtout son cœur, gentiment, en laissant monter la bonne énergie, un afflux de sang neuf dans le cerveau pour rebooster la machine. Même en dix minutes, le résultat est immédiat et la journée n'en sera que plus tonique. Un léger essoufflement et un brin de transpiration sont gages d'un effort optimal. Pour en conserver les bénéfices, pas question de faire une pause, il faut s'accrocher. Activité rime avec régularité !

La plus-value n'est pas seulement physique et le sport peut devenir un vecteur d'émancipation et de valorisation : « C'est moi qui suis capable de faire ça, même en l'absence de grandes ressources physiques ? » Cet élan positif panse bien des plaies et nourrit l'estime de soi. Lorsque j'ai débuté mes entraînements dans une piscine publique, il m'en a fallu du courage et de l'abnégation pour, la toute première fois, laisser tomber ma serviette de bain. Au fil du temps, parce que je suis uniquement focalisé sur mon objectif, le regard des autres est devenu moins pesant. À une exception près, lorsque je suis face à des enfants ; redoutant que mon bras gauche – toujours le même – ne les effraie, j'ai toujours pris la précaution de le dissimuler. Malgré cela, certains parents ne m'ont pas épargné l'humiliation, refusant que je nage dans le même créneau horaire que leur chère progéniture. Un pestiféré en slip de bain ! Ma coach au sang chaud est partie en fusée, les invectivant de tout son saoul. Je semble moins affecté qu'elle, par habitude peut-être mais surtout parce que je n'ai plus rien à prouver qu'à moi-même. Le sport a rempli son contrat.

Ses multiples vertus sont désormais mieux promues dans les centres de rééducation, notamment la natation, un allié thérapeutique précieux. L'eau, cet élément maternant, réconfortant et reconstructeur offre une matrice qui permet à ceux victimes de déficits moteurs d'échapper, un temps, à la pesanteur. Et après ? En 2011, les frères Jérémiasz, dont l'un, Michaël, est multimédaillé en tennis fauteuil, créent l'association Comme les autres, qui propose à des personnes devenues handicapées à la suite d'un accident des séjours à sensations fortes, été comme hiver (ski, motoneige, bobsleigh, parapente, plongée, etc.).

À la sortie de rééducation, ils sont nombreux à souffrir d'isolement et de dépression ; ces expériences contribuent à réconcilier ces jeunes avec leur corps, à restaurer une confiance abîmée et à recréer du lien social. Son credo : « Rebondir après la rupture. »

Avec l'Académie, relève assurée !

Convaincu par le pouvoir de cet outil merveilleux, j'ai ouvert en 2018, à Vichy, avec Robert Fassolette, président du comité handisport de l'Allier, l'Académie Philippe-Croizon. Son objectif? Former la relève et porter les espoirs de la natation handisport jusqu'au sommet. Ils ont entre 14 et 21 ans, sont handicapés de naissance ou accidentés par la vie. J'observe, dans ces jeunes vies déjà chaotiques, une capacité de rebond phénoménale. L'adolescent vit à l'instant T, ne se projette pas, ne redoute pas l'avenir. Il encaisse et morfle sans que cela n'entame ses rêves. En brasse, en crawl, en papillon, en dos crawlé, ils sont prêts à nager le monde. Pas de malaise, pas d'entraves, ils sont de cette génération qui a vibré devant les performances des athlètes paralympiques et s'entraînent sans complexes dans les mêmes bassins que les futurs champions dits « valides ». Pas de distinguo, le même goût de la performance.

Tous ont ce petit grain de folie et cette envie d'en découdre qui leur permet de se qualifier aux championnats de France, d'Europe et parfois du monde.

Nous ne les avons pas « recrutés », ils sont venus à nous avec des projets plein la tête et des envies fortes de s'entraîner et de se professionnaliser. Le contrat, c'est aussi de bons résultats scolaires. Tous les matins, levés à 5 heures, à 6 dans l'eau, entraînement jusqu'à 8 puis direction le collège ou le lycée. Rebelote le soir avec une heure de sport, une heure d'étude et direct au lit. Tous les jours y compris le dimanche, pas de vacances, quelques week-ends à domicile et de rares visites des familles. L'intensité du rythme peut surprendre mais ce sont des sportifs de haut niveau, avec les sacrifices qu'un tel objectif impose. La rupture peut être rude, on quitte le nid, *ciao* papa et maman. La progression se fait parfois en dents de scie, on craque, on pleure, on remonte la pente… Des hauts lorsque la performance est là, des bas lorsque la nostalgie l'emporte. Pour Rohan, venu de Guyane à l'âge de 12 ans, les débuts ont été difficiles mais, au fil des années, il s'est émancipé, porté par le collectif.

Le 27 août 2021, presque dix ans jour pour jour après ma traversée de la Manche, nous avons nagé ensemble entre les caps Blanc-Nez et Gris-Nez, dans le Pas-de-Calais. Trente kilomètres aller-retour en relais dans une eau à 16 °C. Ils étaient quatre, de 15 à 16 ans : Elisa, Selam, Théo et Paul. Ce défi complexe, en raison du froid, de la distance et des courants violents, est considéré comme l'épreuve préparatoire de la traversée, ce qui lui vaut le surnom de « la Manche avant la Manche ». Les élèves, habitués aux eaux calmes et tempérées des bassins de piscine, ont dû appréhender ce nouvel environnement en pleine mer en un temps record. Ils ont accompli l'exploit en 7 heures et 30 minutes.

En décembre 2021, la traversée entre Tahiti et Moorea a consolidé ce formidable engagement. L'émission *Thalassa* leur a consacré un documentaire diffusé en septembre 2022 sur France 3. Les journalistes, bluffés par l'énergie de ces gamins, ont souhaité les suivre de bout en bout. Je pressens chez ces pionniers un potentiel phénoménal pour faire bouger les lignes. Adultes, ils seront de ceux que rien n'arrête, des démolisseurs de conventions, affamés d'ambition. Il faut vivre avec Polo, un jeune garçon de 17 ans avec une paralysie cérébrale, pour comprendre la fougue qui gronde en lui. Il déboule dans son fauteuil roulant, en slip de bain, et se plante devant une athlète plus âgée pour lui filer son « 06 ». Il ne doute de rien, ne redoute rien.

— Mais, Polo, ça ne se fait pas, ça !

— Je m'en fous, elle m'a fait un bisou !

Nous jouons franc-jeu avec chacun d'eux : « Tu n'iras peut-être jamais aux Jeux de Paris 2024, tu ne remporteras peut-être pas de médaille mais tu as un rêve et cette Académie va t'aider à le réaliser. » Quoi qu'il advienne, même sans podium, cette aventure est émancipatrice. Je les ai vus se métamorphoser, physiquement et mentalement. Au fil du temps, comme je l'ai éprouvé pour moi-même, leur handicap est devenu secondaire. Ils me disent aujourd'hui que le sport a changé leur vie.

Lorsque je les regarde, je suis heureux du travail accompli, ils sont la relève qui donne du sens à ma vie. Peu importe qu'ils deviennent champions ou pas, leur victoire est ailleurs.

Chapitre 6

Dakar, une pure folie

Mars 2015. Cela fait presque trois ans que nous sommes à demeure. Depuis quelque temps, je tourne comme un poisson dans son bocal. Même si elle a bien morflé auparavant, Suzana m'encourage : « Tu n'aurais pas une idée ? »

Sans aucune seconde de réflexion, comme une détonation :

— Le Dakar.

— À la nage ?

— Pfff... Mais non, comme pilote !

Après l'Everest de la natation, l'Everest des rallyes. Suzana pense à nouveau que j'ai pété une durite même si l'idée n'est pas si folle puisque je conduis déjà depuis de nombreuses années une voiture entièrement adaptée. Mais sachant que je suis prêt à tout, elle ne fait aucune tentative pour me dissuader. Bilan de notre conversation qui a duré, top chrono, 5 secondes et 8 centièmes :

— OK pour le Dakar.

Comme toujours, je n'ai pas un euro en poche, aucune idée de ce qui m'attend mais je me lance… Ce projet, plus que les autres, est dantesque car il va falloir convaincre l'organisation, monter une équipe, réaliser une prouesse technique en adaptant pour la première fois un buggy et surtout rassembler une somme pharaonique. Ma naïveté est mon meilleur atout. Il en faut pour se lancer dans un tel délire. D'autant que le prochain départ est fixé au 2 janvier 2017 à Asunción, au Paraguay. Moins de deux ans pour être au top ! Du grand n'importe quoi !

Cette nouvelle « fantaisie » est obsédante. Je veille des nuits entières pour visionner des reportages de course, dévore les biographies de tous les champions et surtout mets au défi un mécano d'aménager un véhicule de course pour un client totalement excentrique. Freddy Valade, concepteur de voitures sportives hors norme et patron d'Off Road Technology, un pilier du Dakar, veut prendre le temps de la réflexion. En toute logique ! Trois semaines plus tard, il me rappelle :

— C'est OK, je pense que je peux y arriver.

Bingo, la première clé est trouvée, c'est parti ! Deuxième étape, et pas des moindres, contacter l'organisation, ASO. La porte se referme à triple tour :

— Non, c'est le Rallye-Raid le plus dangereux au monde. Pas de bras pas de jambes, ce n'est pas possible !

Le truc qu'il ne faut jamais me dire…

— Je comprends mais laissez-moi vous rencontrer. Il faut que je vous explique ce que j'ai imaginé, accordez-moi cette chance.

Niet. Je réussis cependant à obtenir le numéro du grand patron. Étienne Lavigne, dans les mêmes dispositions, accepte tout de même, face à la persévérance de mon agente, Anne Bayard, de nous recevoir. Il préfère prévenir :

— OK pour le rendez-vous mais, de toute façon, ce sera non !

— D'accord, mais on va passer un bon moment ensemble.

En attendant ce rendez-vous fatidique, j'approfondis tous les points capitaux pour déposer sur son bureau un dossier en béton. Le jour J, Étienne Lavigne n'en démord pas :

— On va aller déjeuner, mais j'en ai reparlé avec mes équipes et c'est définitivement non ! On sait que tu es un mec plein de ressources, que tu accomplis des performances indiscutables, franchement bravo mais, le Dakar, tu oublies !

— Attends, assieds-toi !

Et là, mon rouleau compresseur se met en marche. Durant trente minutes, je déballe une avalanche d'arguments, dressant une liste non exhaustive de tous les aménagements existants et jurant sur ce que j'ai de plus cher que tout sera mis en œuvre pour assurer ma sécurité, l'un des critères prioritaires sur un tel événement.

— Je rêve de cela, Étienne, et on va y arriver. Il y aura un camion d'assistance, un camping-car adapté, une équipe hyperrodée, un kiné…

S'ensuit un interminable monologue… Attentif, il me regarde droit dans les yeux et finit par prononcer une seule phrase :

— Tu as besoin de quoi ?

Je me tourne vers Suzana :

— Tu nous donnes la liste ?

Il semble scotché :

— Purée, tu avais tout préparé.

Tout en haut, il est écrit : « Une lettre officielle de soutien d'Étienne Lavigne ».

— Tu exagères, je viens de te dire « oui peut-être » entre quatre yeux et tu en veux toujours plus.

— Qui va me croire si je n'ai pas ton appui formel ?

Sur cette liste, figurent aussi quelques aménagements pour compenser mon handicap, par exemple une trentaine de secondes de plus au moment du départ pour prendre un peu d'avance avant que le concurrent suivant ne me rattrape.

— OK pour la lettre mais, pour le reste, c'est non. Tu veux être pilote, alors tu fais comme tout le monde.

Le boss ne m'accorde aucune faveur :

— Fais comme tu en as l'habitude, entraîne-toi, et tu ne me refais signe que lorsque tu seras ultraprêt.

Le compte à rebours est enclenché. Les emmerdes ne font que commencer… Je suis sa sommation et me jette à corps perdu dans cette préparation, au-delà de ce que j'avais imaginé. Sur une telle course, aucune improvisation n'est permise, tout doit être millimétré pour assurer la sécurité des pilotes exposés à tous les dangers.

Seconde gageure, le budget, manifestement colossal. Ma stratégie consiste à convaincre un premier partenaire, le plus délicat car qui voudrait accorder sa confiance à un dessein aussi incertain ? Mieux vaut viser très gros pour que les plus petits prennent ensuite le train en marche, inspirés et rassurés.

Je décide d'aller interpeller le directeur de la Matmut lors d'un événement à Paris.

— Voilà mon dossier, je veux être pilote sur le Dakar.

Il m'invective :

— Non, non, non. Jamais la Matmut sur le Dakar. Nous, c'est le Trophée Andros en électrique, là on vous suit à 100 %.

— Bah, non, c'est pas mon rêve, c'est pas mon envie. Moi, c'est le Dakar.

Et puis... Mon « assurance » a payé et Matmut est devenue... mon partenaire Premium ! Les autres ont suivi : Michelin, Hafa... J'ai le feu vert du directeur de course, l'appui d'ingénieurs et un début de soutien financier. Même s'il reste périlleux, le pari est lancé, plus question de faire marche arrière.

Un chèque en or

Je pense Dakar, je rêve Dakar, je stresse Dakar. Pour espérer en venir à bout, je dois m'entourer d'un staff d'experts. Le premier d'entre eux s'appelle Yves Tartarin, pilote émérite, dix-huit participations. Suzana sera au volant du camping-car d'assistance, pas une seconde je ne doute de cette partenaire qui, sur la Manche, m'a déjà mené à la victoire. J'ai surtout trouvé mon binôme, Cédric Duplé, un habitué qui a accepté la place de copilote.

Et moi dans tout ça ? Mon domaine, c'est la natation. Dans l'eau, les contraintes pour le corps sont limitées, même pour celui qui nage avec excès. Sur terre, c'est une autre affaire, ces conditions extrêmes nécessitent une endurance hors norme. Les témoignages de coureurs, unanimes, racontent le même enfer. Des heures immobilisé dans l'habitacle, secoué avec violence, des chaleurs torrides suivies de nuits polaires au cœur de la cordillère des Andes, le manque d'oxygène en altitude, les tempêtes de sable, la morsure du vent, des contrées inconnues, la pression mentale et physique H24, etc. Réjouissant !

Notre véhicule de 340 chevaux a été entièrement modifié pour s'adapter à mon handicap. Mon coude droit s'enfile dans une emboîture en carbone, sorte de joystick qui me permet de ressentir la piste grâce à une liaison mécanique. En avant, j'accélère ; en arrière, je freine, et je tourne en le dirigeant vers la droite ou la gauche, comme dans un jeu vidéo. Du bras gauche, j'actionne un petit levier de vitesse placé près de la portière. En cas de problème, le système est réversible ; le copilote peut alors reprendre le contrôle, avec volant et pédales. Je suis sanglé dans un siège baquet réglementaire en carbone, moulé sur mesure pour épouser la forme de mon entrejambe. La contrainte est énorme, je dois y rester calé dix à quinze heures par jour, collé dans l'assise puisqu'il m'est impossible de prendre appui sur mes jambes. Pour obtenir ma licence de pilote, j'ai dû prouver que je pouvais, en cas d'accident, m'extraire seul en moins de 20 secondes. J'en ai mis douze, en roulé-boulé. En cas de pépin, casse, enlisement ou accident, la seconde voiture engagée au sein de notre *team* ne sera jamais bien loin…

Il faut maintenant passer aux choses sérieuses : se frotter au terrain. J'attaque un programme d'entraînement intensif, engagé sur différents rallyes : celui d'Orthez, les six heures d'Orléans, la Baja Aragón. Puis, en octobre 2016, nous nous envolons pour le Maroc, afin de participer au plus grand Rallye-Raid africain, le rallye Oilibya. Le théâtre des opérations, aux portes du Sahara, dans les dunes de Merzouga, accueille les pilotes les plus chevronnés et constitue l'ultime étape pour valider notre participation à la grand-messe.

Alors que la plupart des concurrents pensaient larguer cet hurluberlu sorti de nulle part, je tiens la corde et réalise une place honorable, quinzième sur deux cents. J'intrigue et marque les esprits. Un soir, après la course, je vois deux silhouettes s'avancer vers moi. Je reconnais Nasser al-Attiyah, pilote qatari qui compte plusieurs victoires à son actif, et son copilote français Mathieu Baumel.

Mathieu m'interpelle :

— On t'a vu aujourd'hui, ce que t'as fait dans les dunes est dingue. T'as maintenu un rythme de timbré. T'as remonté quatre véhicules d'un coup et sans te tromper de piste comme presque tous les autres.

Je suis flatté. Puis Nasser m'interroge :

— Tout va bien pour toi ?

— Oui, tout est nickel.

Mathieu est au courant de mes soucis financiers :

— Vas-y, dis-lui !

Je prends mon courage à « deux mains », car il en faut pour solliciter un tel champion.

— Écoute, Nasser, voilà, il me manque un peu de budget.

— Combien ?

— Cent mille euros.

Stupéfait par notre performance du jour, il répond :

— Faut absolument que tu sois sur le Dakar. Ce que tu vas réaliser est inédit… Je te fais le virement.

J'ai osé. Et lui a tenu sa promesse.

L'apocalypse selon San Juan

Dans le ciel, brille la Croix du Sud. Nous sommes à Asunción, capitale du Paraguay, aux premières secondes de 2017. Pour cette année nouvelle, nous n'avons qu'un seul objectif : Buenos Aires ! 2 janvier, top départ. Je porte le dossard 352. Il paraît que je suis parmi les « numéros à suivre ». Sur presque trois cents véhicules engagés, une quinzaine feront en effet l'objet d'un suivi particulier, parmi lesquels ceux des quatre autres pilotes handicapés en lice.

Sur le Dakar, l'extrême est garanti et le pire toujours à venir... C'est parti pour douze jours à pleins gaz.

Les étapes vont se succéder, avec leur lot de souffrances, de déconvenues, de bonheurs et de merveilles. Cette Cordillère a du caractère. Les habitués pensant la connaître n'ont jamais encore posé leurs roues sur ces pistes où la poussière se transforme en boue. Nous traversons des *rios* impétueux, les premières portions de hors-piste. À plusieurs reprises, le buggy « tanke » et doit être désensablé. Cédric, sur tous les coups, doit changer les roues. Dans cet univers, tout est excessif, la rudesse de la compétition comme la beauté des paysages.

Au sixième jour, c'est l'apocalypse. Le bivouac est noyé sous des pluies diluviennes, des éboulements ont tout emporté sur leur passage, des morts sont à déplorer dans la population. Les dégâts sont immenses, la course est à l'arrêt. Il faut improviser, emprunter d'autres pistes, s'enfoncer dans la montagne. Dans ce chaos, je perds toute trace de Suzana deux jours durant. À notre arrivée à l'étape, pas de nouvelles. On m'apprend qu'elle a dû suivre les mêmes chemins de traverse que les concurrents avec son camping-car de plusieurs tonnes. Je revisualise le chemin, c'est une pure folie, un suicide. En panique, j'implore qu'on la localise avec le téléphone satellite. Mais aucun signe de vie. Je n'ai vu ses phares éclairer la nuit que trois jours plus tard. Je revis. Ajoutons à ces conditions dantesques les pannes qui se succèdent, les nuits sans sommeil, une étuve en surchauffe à 60 °C avant de grimper à 5 000 mètres d'altitude où la température chute à – 2 °C. C'est d'une violence inouïe, je me maudis. Je repense aux mises en garde d'Étienne Lavigne lors de notre première rencontre, ce n'est pas faute de m'avoir prévenu...

Sur ce Dakar de toutes les démesures, ce sont aussi les mécanos, submergés par les galères à répétition, qui semblent prêts à jeter l'éponge. Le buggy ne peut pas tenir le coup, tous sont épuisés. Dès la deuxième étape, ces professionnels pourtant aguerris se sont mis en tête que nous n'atteindrions jamais Buenos Aires.

— Philippe, faut qu'on arrête, ce n'est plus gérable !

— Pas question. Tu as vu dans quel état je suis ? Moi aussi, je suis mort. Donc je vais voir le kiné, ensuite je dors une heure et, pendant ce temps, tu répares la bagnole ! Et on repart dans deux heures. Tiens bon. On va y arriver, tous ensemble.

En tant qu'initiateur de cette expérience de jobard, il est de ma responsabilité de maintenir le moral de mes coéquipiers à flot, le mien comme le leur. Pour ne pas être éliminé, il m'est même arrivé de prendre le départ et de retourner aussitôt au bivouac pour que les mécaniciens achèvent de réparer la voiture, quitte à prendre trois, quatre ou cinq heures dans la vue.

À cet instant, l'abandon n'est pas une option. D'autant que, comme l'avait prédit Étienne, les médias internationaux sont au rendez-vous et braquent leur caméra sur ce concurrent inattendu qui, en dépit de toute logique, tient bon la barre. Le long de la route, les spectateurs acclament la voiture 352, celle du pilote sans bras ni jambe. L'enthousiasme populaire ravive ma détermination…

Le pire comme le meilleur !

14 janvier 2017. Dernière ligne droite au départ de Rio Cuarto. Destination Buenos Aires. Nous franchissons la ligne d'arrivée en quarante-huitième position, sur cinquante-huit équipes encore en lice dans la catégorie auto et soixante-dix-sept concurrents au départ. Même à plus de cinquante-deux heures du vainqueur de la course, Stéphane Peterhansel, le pari est largement gagné.

J'ai tenu, la voiture a tenu, l'équipe a tenu. En montant sur le podium, sous le feu des projecteurs, l'excitation est à son comble, la joie puissante. J'entends :

— On est allé au bout, Philippe, on a atteint l'objectif. C'est génial !

C'est en redescendant que tout le monde s'est écroulé. En une fraction de seconde, l'adrénaline a quitté les corps. Avachis sur les trottoirs de la capitale argentine, certains se sont endormis à même le sol. Ils m'ont avoué n'avoir jamais vécu une édition aussi insoutenable. Mon outrance fut contagieuse, permettant au collectif de relever ce défi.

Pour moi, il était double : me surpasser mais aussi convaincre que, même en situation de handicap lourd, j'avais toute ma place. Sur le rallye du Maroc, alors que personne ne me connaissait, j'ai été percuté par le scepticisme des autres concurrents. Comment les organisateurs avaient-ils eu le toupet de me laisser entrer dans la cour des grands ? Pourtant, après le deuxième jour de course, j'ai senti que les regards commençaient à changer. Si je ne m'étais pas encore encastré dans une dune, c'est que j'avais peut-être de la ressource. Certains sont venus me voir, petite tape sur l'épaule :

— C'est quoi cette histoire ? Comment tu peux être aussi performant ?

— Je me suis préparé comme un fou pour être là avec vous.

Le lendemain, sur la ligne de départ, on prend le temps de m'encourager et de me donner quelques conseils. Serais-je l'un des leurs, maintenant ?

J'avais éprouvé cette défiance quelques années auparavant, lors d'un entraînement avec les commandos marines de Toulon pour les Cinq continents, des durs à cuire formés pour le combat. J'ai nagé à leurs côtés, en pleine mer, tenu le rythme… À notre retour, c'est sans un mot que j'ai senti le respect qu'ils m'accordaient. Un mec handicapé serait-il forcément diminué, sans compétences, incapable de persévérance ? Les préjugés ont la vie dure. Ce mec, il ne peut pas traverser la Manche ni venir à bout du Dakar. Et pourtant…

Par la preuve et l'action, ai-je réussi à ébrécher ce monde élitiste ? Jean Todt, à l'époque patron de la FIA (Fédération internationale automobile), m'adresse un message quelque temps plus tard : « Merci, Philippe. Tu as ouvert les esprits. » Il est l'un des rares à défendre l'accès pour tous aux sports mécaniques. En 2019, les propos indignes de l'ancien champion du monde Jacques Villeneuve sur le pilote Robert Kubica, handicapé d'une main, avaient suscité une vaste polémique ; « La formule 1 doit être le sommet du sport automobile, ce n'est donc pas bon si quelqu'un qui a un handicap physique peut y participer », avait-il déclaré à un journal hollandais. Pourtant, dans cette voie sacrée, ils sont quelques pionniers à avoir débroussaillé le terrain, comme Frédéric Sausset, lui aussi quadri-amputé, qui s'aligne au départ des 24 heures du Mans, invitant dans sa filière Un volant pour tous, 100 % handi, Billy Monger, un tout jeune pilote britannique amputé des deux jambes après un grave accident de formule 4. D'autres coureurs, notamment paraplégiques, font désormais sensation en course auto ou moto ou encore en karting.

À l'arrivée à Buenos Aires, un papa m'attend avec son fils lourdement handicapé qui m'a suivi tout au long de la course et souhaite faire un selfie. Je demande à mon équipe de l'empoigner pour l'asseoir au volant. Le gamin exulte, m'affirme que c'est le plus beau jour de sa vie. La relève est-elle assurée ?

Tout est possible ?

Si ce Dakar m'a souvent fait endurer le pire, il m'a aussi offert le meilleur. Lors du cataclysme bolivien, j'ai pris une décision : demander Suzana en mariage. Quand j'ai cru la perdre, j'ai cru tout perdre. Lors du défilé final dans les rues de Buenos Aires, sur le capot de la voiture, au milieu de la liesse, je lui ai présenté une bague. Elle a dit : « Oui. »

Chapitre 7

Échouer pour triompher

L'art de l'échec

À travers mon image de « Monsieur tout est possible » et ma propension à tout défoncer, j'ai pu laisser imaginer que j'étais allergique, voire hostile, à l'échec. Ce qui n'est pas le cas.

Si les médias se focalisent en général sur mes réussites, j'ai connu aussi quelques fiascos. Mon one-man-show avec Jérémy Ferrari ne verra pas le jour, la traversée à la nage du lac Titicaca entre Pérou et Bolivie s'est faite sans moi. Tandis que, dans ma vie privée, comme pour tout un chacun, tout n'est pas toujours un succès. Verrai-je un jour la Terre depuis l'espace ? Peut-être pas, mais je n'en suis pas triste pour autant. Au fil de ma vie singulière, j'ai admis que certaines aventures ne se réaliseraient pas. Même si j'accuse le coup, une journée, un temps, en réalité peu importe. Lorsque je répète à qui veut l'entendre « Tout est possible », c'est surtout avec l'idée de mettre en œuvre car, pour celui qui se prend à rêver, le trajet est parfois plus excitant que la destination. Ce qui me fait vibrer, c'est d'avoir tenté. Si ce n'est pas ce projet, ce sera un autre. Sans regret, je renonce, je bifurque et repars de plus belle sur une autre voie.

D'autant que si l'abandon est souvent considéré comme une faillite personnelle, il peut aussi avoir ses « vertus ». Ce paradoxe a inspiré une pléiade d'incantations : « C'est grâce à l'échec que j'apprends, tout ce qui ne nous tue pas nous rend plus fort, après la pluie vient le beau temps… » Pourquoi tant de proverbes populaires s'il n'y a pas un fond de vérité ? Charles Pépin, philosophe et conférencier traduit dans une trentaine de pays, en a d'ailleurs fait le titre d'un ouvrage, *Les Vertus de l'échec*. L'auteur considère que les victoires arrivent rarement sans accrocs. Il cite des personnalités comme Charles de Gaulle, le joueur de tennis Rafael Nadal, l'écrivaine J. K. Rowling, la chanteuse Barbara, qui ont tous essuyé des revers cuisants avant de s'accomplir. La liste de ces « échoués », aux noms pourtant prestigieux, voire légendaires, est interminable.

En France, nous avons un rapport très spécial à l'échec. Culturellement, il est mal vu, culpabilisant. Un billet sans retour ? Pour ne pas prendre le risque d'échouer, la pression sociétale nous encourage donc à ne pas tenter. Pour la Manche, cette avalanche de mises en garde ne m'a pas épargné. Rebelote sur le Dakar.

Si tu décides quand même d'y aller et que tu te plantes, tu es un tocard, un nul et on va te le faire payer. On confond « avoir raté » et « être un raté ». Or personne ne se résume à l'action qu'il entreprend. Un exemple concret, dans le champ professionnel : lorsqu'une entreprise est en liquidation judiciaire, son gérant est fiché, via un système de note « indicateur dirigeant », à la Banque de France, ce qui l'empêche par la suite d'obtenir des prêts, à titre professionnel mais aussi personnel. Pourtant, une entreprise en faillite ne signifie pas forcément malversation, faute de gestion ou autre erreur impardonnable. La conjoncture est parfois capricieuse, et cette sanction pour ceux qui ont parfois quitté leur job, investi leur épargne et hypothéqué leur maison n'est pas toujours légitime et peut réellement dissuader. Pour l'illustrer : « Punir l'échec est le meilleur moyen pour que personne n'ose », déplorait Jack Welch, un industriel américain. Heureusement, depuis 2019, cette notation s'est allégée et ne concerne plus que les « failliteurs » en série.

L'échec ne serait-il pas, à l'inverse, un gage d'audace, parce que, justement, tu as eu ce zèle que d'autres n'ont pas ? Sur le ton de la confidence, certains chefs d'entreprise m'ont expliqué que c'est en capitalisant sur leurs erreurs qu'ils ont écrit, peu à peu, leur *success-story.* Aux États-Unis, le modèle américain est moins réticent à défendre ce « droit à l'échec ». On parle même de « culture de l'échec » ou plutôt de « culture de l'erreur ». Les meilleurs ont rarement fait jackpot du premier coup. Bill Gates, le patron multimilliardaire de Microsoft, a fini par abandonner ses études à Harvard sans décrocher son diplôme et a commencé sa carrière par une faillite. Dans la Silicon Valley, le berceau de la civilisation technologique américaine qui concentre les plus brillants cerveaux, certains théoriciens vantent même le concept du *fail fast*, c'est-à-dire « échouer vite pour apprendre vite ». Les chercheurs du monde entier savent que les erreurs sont à la base de leurs travaux ; ils les analysent pour en faire des vérités. Pour le romancier et poète irlandais James Joyce, « les erreurs sont les portes de la découverte ». Et quand l'un de ses collaborateurs demande à Thomas Edison comment il peut supporter autant d'échecs, l'inventeur de l'ampoule électrique lui répond : « Je n'ai pas échoué des milliers de fois, j'ai réussi des milliers de tentatives qui n'ont pas fonctionné. » J'ai découvert, à travers l'Histoire, un nombre considérable de citations sur l'échec, à commencer par celle d'Albert Einstein : « La seule façon d'éviter de faire des erreurs, c'est la mort. »

Chaque épreuve, parce qu'elle nous confronte au réel, nous rend plus lucide, plus combatif et, in fine, plus vivant. J'y puise, pour ma part, des ressources supplémentaires pour me réarmer. Un abandon transitoire régénère plus qu'il ne détruit. Il marque une pause, permet une mise à distance.

Ma propre adversité m'a contraint à être réactif, voire créatif, parce que je devais trouver des solutions, question de vie ou de mort. Souvent du pire naît le meilleur, je l'ai maintes fois expérimenté, en ce jour épouvantable où j'ai grillé sur une échelle, puis par la suite. Une existence limpide, sans heurts, assure un confort appréciable mais ne nous offre pas l'occasion de faire face et de nous adapter car nos ressources profondes ne sont jamais sollicitées. Il n'est pas question de souhaiter un malheur pour grandir, mais les aspérités nous donnent les plus inestimables leçons. « Un pessimiste voit la difficulté dans chaque opportunité, un optimiste voit l'opportunité dans chaque difficulté », disait Winston Churchill.

Cette drôle de vie en dents de scie m'a prouvé que l'obstacle n'était qu'une étape. Il ne s'agit pas de le franchir tête baissée ; je m'assieds devant lui, je l'évalue, je l'affronte. Est-il aussi effrayant que je l'avais imaginé, n'est-il pas que la difficulté d'un instant ? Trop haut pour être défié, puis-je le contourner ? Souvent, ce mode pause permet de se projeter et de trouver une solution, à froid. Cela vaut pour un défi mais aussi pour chaque épreuve du quotidien.

De mes projets inaboutis, j'ai appris certainement autant que de mes victoires, appris à aller dans le dur, à frapper à des portes qui resteraient closes, à encaisser l'indifférence, parfois le dédain. Quand le succès rend arrogant, nos ratés enseignent l'humilité. Alors apprenons de nos erreurs pour en faire notre force !

Maintenant que j'ai dit cela, j'ai bien conscience qu'un échec peut aussi briser. Où placer le curseur pour que le risque ne devienne pas danger ? Cela dépend des ressources de chacun. Le feeling ne serait-il pas le plus précieux conseiller ? Face à une menace éventuelle, il faut savoir écouter sa petite voix intérieure. Et lorsqu'on se prépare à aller droit dans le mur, savoir dire stop est une marque de sagesse.

Comment l'homme prêt à mourir pour triompher de la Manche peut-il affirmer cela ? C'est probablement qu'au fond de moi, j'avais la conviction que je pouvais triompher. Pour éviter toute déroute et assurer ma sécurité et celle de l'équipe, sachant que des aléas viendront toujours gripper la machine, j'ai préparé mes expéditions avec une extrême minutie. Si mes lubies sont déraisonnables, l'environnement, lui, est sûr. En confiance, la capitulation n'est plus une option. Je fonce vers la réussite. Il n'y a pas là de contradiction…

Pas trop sophro ?

Je me souviens du top départ de la traversée de la Manche. Va savoir pourquoi, au moment de me mettre à l'eau, alors que ma détermination est inébranlable, Valérie, ma coach, fait une réflexion complètement démente : « Même si tu ne vas pas au bout, je suis fière de ce que j'ai partagé avec toi. » Elle comprend à ma moue mauvaise qu'elle a dit une énorme connerie. Comment peut-elle douter ? Il n'y a dans mon esprit aucune place pour la défaite. Regard glacial qui la fait taire.

Me préparer à la débâcle, n'est-ce pas l'inviter dans mes pensées ? Au début de tout projet, qu'il soit sportif, professionnel, personnel, j'ai toujours fait preuve de conviction, sans jamais douter, sans même envisager une porte de sortie. Un objectif, rien que cet objectif.

C'est ainsi que le concept d'autosuggestion positive s'est fait une place dans ma vie, pratique dans l'air du temps, version restaurée de la méthode Coué. Il s'agit de se convaincre par la répétition et d'accumuler les suggestions que le cerveau transformera par la suite en croyance puis en action. Lors de ma préparation mentale pour le Dakar, j'ingurgite ainsi des dizaines d'heures de vidéos de rallye auto, analysant les passages difficiles, les accélérations, les bons réflexes… Objectif? Me forger une disposition mentale optimale. Gérard Cervi, mon préparateur mental, également hypnothérapeute, m'avait proposé de travailler sur l'échec et j'ai refusé, le sommant de ne me chuchoter que des images inspirantes. Lors de nos séances, il m'emmène dans les dunes, où je me vois piloter dans le sable. Durant un an, je fais avec lui ce voyage imaginaire qui peu à peu imprègne favorablement mon esprit. À un mois du départ, nouvelle étape, je me gave de pensées visualisant la ligne d'arrivée, le podium, l'équipe ivre de bonheur ! Cet exercice ne va pas de soi, exigeant des heures de pratique et de conditionnement pour parvenir à modeler le cerveau et ainsi briser les réticences. D'autres méthodes peuvent nous aider, d'une façon différente. Rien n'est à négliger, il faut tout essayer.

Pour la Manche, mon staff m'avait proposé l'aide d'un sophrologue. À l'époque, je n'étais pas vraiment sensibilisé à ce type d'approche :

— Vous vous foutez de moi, c'est quoi ce truc ? Je n'ai pas besoin de ça, je suis un *warrior*. Tu me fous dans l'eau et je fonce…

— Mais tu as vu dans quel état tu es après tes entraînements ? Tu es énervé, tu défonces la porte de la piscine, tu deviens dingo, tu ne dors plus. Fais de la sophro !

J'ai abdiqué, sans conviction, pensant avoir affaire à un charlatan, certain de perdre mon temps.

— Allongez-vous, fermez les yeux, respirez calmement. Ouvrez une porte, vous entrez dans un champ de coquelicots !

Lors de la première séance, manifestement récalcitrant, j'éclate de rire et ironise.

— Déjà, je ne trouve pas la porte. Alors les coquelicots…

Toutes ces nouvelles méthodes, peu importe leur appellation, ne sont que foutaises ! Dans ma tête, je ne vois qu'une chose : « Nager, nager, nager, nager »… Comme beaucoup, j'ignore totalement l'influence de mon subconscient ou de mon inconscient.

À la fin de la séance, je prends tout de même la peine de m'excuser. Imperturbable, ma thérapeute me répond gentiment :

— Ne vous inquiétez pas. La semaine prochaine, vous allez recommencer à vous défendre mais un petit peu moins. Et la suivante, encore moins…

Elle avait raison. Mon scepticisme s'est fissuré et j'ai rapidement admis les bénéfices de ce travail. Dès la quatrième séance, j'ai pu vivre mon moment à moi. Puis j'ai attendu les suivantes avec impatience, y trouvant un merveilleux apaisement, jusqu'à m'endormir et m'entendre ronfler. Être présent sans être là. Au fil du temps, durant quatre mois, ces séances sont devenues une nécessité, des bulles de sagesse et de repos. Je ressens les palpitations de mes veines, le souffle adouci de ma respiration. J'apprends à nager moins vite, à gérer mon cœur, à déclencher plus rapidement mes réflexes et à mieux contrôler mes montées d'adrénaline. Alors que j'avais pris l'habitude de foncer comme un bourrin, j'ai revu certains objectifs à la baisse et surtout appris à canaliser mon émotivité. Cette technique m'a permis de tenir à distance les souvenirs envahissants qui vous accompagnent treize heures durant lorsque le cerveau fonctionne à plein régime pour passer le temps, long flash-back de deux ans : la première fois où j'ai enfilé mes prothèses et manqué de me noyer, le visage de mes enfants, Suzana piétinant dans le froid autour du lac… Surtout ne pas me laisser submerger. Pour canaliser, je me dis à moi-même : « Mes souvenirs, je ne veux pas vous perdre mais pas maintenant, je ne dois pas craquer. Attendez que je sois sur l'autre rive. »

Avec le recul, sans ces *good vibes*, je ne suis pas certain que je serais venu à bout de la Manche. Se mettre dans de bonnes dispositions est certainement un facteur de succès et cela vaut pour tous les petits moments du quotidien… À chacun sa façon d'y arriver.

La pensée positive… ou pas ?

Pourquoi des millions de personnes ouvrent-elles chaque matin leur horoscope ? Cette suggestion, qu'elle soit positive ou négative, influence-t-elle réellement notre journée ? Cette question, apparemment très sérieuse, a fait l'objet d'une recherche scientifique. « Les personnes ayant lu un horoscope positif se montraient plus créatives et plus positives dans leurs interprétations de différentes situations. Et elles ont également obtenu de meilleurs scores aux tests de performances cognitives, des tests qui normalement ne varient pas beaucoup. Tout porte donc à croire que, de manière inconsciente, la lecture de l'horoscope a un impact sur la façon dont nous allons appréhender notre journée », explique Magali Clobert, chercheuse F.R.S.-FNRS (Fonds de la recherche scientifique) à l'Institut de recherche en sciences psychologiques de l'Université catholique Louvain. Et lorsque l'horoscope n'est pas au beau fixe ? Il n'a eu apparemment d'influence que sur les personnes qui croient fermement en l'astrologie. Cet exemple peut sembler anecdotique mais témoigne du fait que nous sommes du matin au soir soumis à des injonctions qui nous disent ce que nous devons faire, quitte à nous faire dévier de nos intentions initiales. Et cela commence dès le plus jeune âge : « Attention, fais pas ci, fais pas ça, ne cours pas autour de la piscine, ne monte pas sur les rochers. » Des concentrés d'alertes et de préceptes qui finissent par paralyser. L'enfant est mis en déroute dans chacune de ses tentatives, son audace est rarement encouragée.

Allant à contre-courant, certains parents promeuvent une attitude éducative constructive qui aide l'enfant à aborder le monde avec enthousiasme. Il s'agit, via des mots stimulants, de l'encourager à atteindre ses objectifs, si petits soient-ils : sauter dans le grand bain, se lancer sans roulettes à vélo… Le protéger sans le dissuader, lui donner confiance sans le surestimer. Cela vaut aussi pour les plus grands. Une victoire en appelle une autre : poser sur les événements un regard positif rend heureux. Le philosophe français Alain assure : « Ce n'est point parce que j'ai réussi que je suis content mais parce que j'étais content que j'ai réussi. »

De nombreux théoriciens insistent sur l'importance de la pensée positive. Selon Gisèle George, pédopsychiatre et auteure de *La Confiance en soi de votre enfant*, lorsqu'on est dans « une série de pensées négatives, on déclenche des émotions négatives. Résultat, le quotidien devient pesant et les événements sont ressentis de manière douloureuse. Ce que l'on fait ne nous satisfait jamais. Et quand la réussite arrive, on imagine que c'est un coup de chance. » Étant un promoteur avide de cet état d'esprit, je me suis aussi penché sur l'envers de ce décor. Serait-ce la fin de l'âge d'or du développement personnel ? Le tout positif, qu'il s'agisse d'attitude, de pensée ou de psychologie, a aussi ses détracteurs qui dénoncent une forme de « tyrannie » du bonheur. Face à cette montée en puissance, ces opposants dénoncent des *fakes*, duperies et autres illusions en avançant plusieurs arguments. Le premier, c'est que cette *positive attitude* peut être toxique si elle est exigée en permanence. Ainsi, nier nos émotions négatives serait inefficace et ne ferait même, en réalité, que les amplifier. À certains moments, nous sommes tristes, en colère, fragilisés, et c'est normal. Il n'est évidemment pas question de faire l'impasse sur ces ressentis et passages difficiles qui, à leur façon, nous protègent aussi. Je l'ai déjà évoqué, j'ai traversé ces situations d'évitement lors de ma convalescence et en ai été la première victime. Il est important que l'entourage puisse en quelque sorte « valider » – c'est le terme technique – les émotions parfois négatives de son proche, qui s'avèrent totalement légitimes, au risque, sinon, de le laisser s'enfermer dans l'incompréhension, le repli, voire la honte.

Le second argument, c'est le fait que ce courant de pensée apparu dans la recherche universitaire aux États-Unis à la fin des années 1990 tend à affirmer que la solution à nos maux dépend uniquement de nous-mêmes et ne viendrait donc pas de contingences extérieures. Il est vrai que répéter à l'envi « Vous êtes responsable de vos choix, osez, foncez » peut décontenancer, notamment les personnes qui traversent une baisse de forme, un burn-out ou une dépression, ne trouvent pas le ressort suffisant pour aller de l'avant ou ont toutes les difficultés à prendre des décisions. Il suffirait donc de muscler notre cerveau pour lui apprendre à être volontaire, voire heureux ? Il est important de tenir compte de la complexité humaine avant d'asséner des phrases toutes faites. S'il vaut mieux, en effet, prendre son destin en main et regarder les choses du bon côté, cette injonction peut s'avérer exaspérante, culpabilisante, parfois destructrice. Je reconnais que certains « ressaisis-toi » sont prodigués en pure perte et qu'il est impossible de contraindre quiconque à passer à l'action. Alors, quelle solution ? Ceux qui manquent de ressources auront parfois besoin de s'appuyer sur un tuteur pour se redresser. Pour eux, le conseil n'est pas d'oser faire mais d'oser demander.

Dans ce domaine, j'ai plutôt de l'expérience. Si j'invite toujours à mettre de la couleur dans nos vies, cette palette n'aurait pas pu prendre des teintes aussi flamboyantes sans ceux qui m'ont entouré. Ils furent les couleurs de mon arc-en-ciel. Hommage… avec néanmoins quelques nuances.

Chapitre 8

100 % partage

Charité bien ordonnée…

En 1994, après mon accident, pour préparer mon retour à la maison, ma famille décide de créer l'Association d'aide et de soutien à Philippe. Elle a pour objectif de financer du matériel adapté pour que je ne manque de rien et ainsi m'offrir la chose la plus essentielle à ma vie, un maximum d'autonomie. Des inconnus vont se mobiliser pour me procurer des prothèses, aménager mon véhicule, acheter une baignoire adaptée, etc. Des milliers de dons affluent de toute la France, parfois d'au-delà. Le résultat est inespéré. Pourtant, cet élan de solidarité me trouble, je ne suis pas à l'aise avec l'idée de réclamer de l'argent ou de l'aide, que j'assimile à une forme de « profit » ou un sentiment d'échec car je ne suis plus capable de faire seul. Notre longue tradition judéo-chrétienne s'est toutefois construite sur la charité mais, en cette fin de millénaire, cette démarche me gêne. À raison…

Quelques mois avant mon accident, j'avais réalisé le rêve ultime, m'acheter une Renault 25. Turbo injection, berline haut de gamme, un trophée de patron. Après mon retour à la maison, la honte me saisit. On ne peut décemment pas être handicapé et avoir une si belle voiture, même conduite par son épouse. Lorsque j'arrive dans les locaux de l'association, je vois dans certains regards le reflet de mon indécence. Je décide alors de la revendre pour m'acheter un modèle plus acceptable, une Renault 11. Ces jugements, j'y ai été confronté à plusieurs reprises, surtout lorsque, après mes exploits, j'ai commencé à gagner de l'argent et qu'on m'a invité sur les plateaux télé.

Il y avait dans la réussite de celui qu'on avait ramassé par terre un peu trop d'arrogance. Parmi les donateurs, il existe différentes typologies, avec des motivations pas toujours altruistes. Certains dons sont en réalité des « achats », pour se donner bonne conscience ou afficher sa générosité. C'est la part sombre du don, qui exige un droit de regard, même pour 10 balles. Un psychologue m'a expliqué un jour que j'appartenais à ceux qui m'avaient donné l'aumône et que je devais donc demeurer dans ma condition de nécessiteux.

Plus tard, la piscine et la jolie maison ont compliqué la donne. Pour certains, il devenait insupportable de me voir sortir de mon bourbier. J'avais, pensaient-ils, profité de leur générosité pour m'offrir une vie de luxe. Les « qu'en-dira-t-on », les « on-dit » ont fait savoir que mes parents possédaient des Ferrari cachées dans des granges. Or il n'y a, dans les besoins des personnes handicapées, aucun profit car chaque matériel adapté vaut de l'or. Des dizaines de milliers d'euros pour un fauteuil électrique, des lames de course, un tricycle enfant, l'aménagement d'une voiture ou d'une salle de bains, etc. La liste est interminable.

Ces attaques anonymes et sournoises sont trop lourdes à porter. Au bout de six ans, pour ne plus voir mon nom apparaître ni avoir de compte à rendre, je demande à mon père de rebaptiser l'association « Handicap 2000 », permettant d'ouvrir ses statuts et de soutenir d'autres personnes, notamment des enfants. Avec le temps, ces rumeurs de village ont fini par m'empoisonner. Bien que rares, ces détracteurs sont suffisamment nombreux pour, quelques années plus tard, me pousser à déménager…

Au milieu des années 1990, le « handicapé », c'est encore Cosette et Thénardier. Il vit à la cour des Miracles et sa « triste » condition lui impose d'être à la merci. On dit d'elle ou de lui : « Oh la (le) pauvre ! » « Pauvre », le mot est bien ancré. Les choses ont-elles vraiment changé ? Dans son best-seller *Merci pour ce moment*, sorti vingt ans plus tard, Valérie Trierweiler rapporte la réaction de François Hollande après notre rencontre à l'Élysée. Il aurait dit : « Je n'aime pas les handicapés qui font commerce de leur handicap. » Ce poison infuserait-il jusqu'au sommet de l'État ? Faudrait-il que je vive avec les 950 euros de l'allocation adulte handicapé ? Faudrait-il que je fasse peser mon oisiveté sur la solidarité nationale ? C'est malheureusement un scénario accepté par beaucoup. Par sécurité, on tient ces « spécimens » loin des regards, on les enferme dans des ghettos. Certains auraient voulu que je me conforme à ce standard, larmoyant, à l'instar du Téléthon. Sur le fond, les centaines de millions d'euros collectés ont permis des avancées révolutionnaires en faveur des maladies génétiques et rares, nourrissant l'excellence de la recherche française. La forme, quant à elle, a été largement critiquée. Une mise en scène mielleuse d'enfants en danger pour tirer les larmes et affoler le compteur. Cela vaut pour la plupart des grandes associations de personnes handicapées ; pour attirer les dons, le *business plan* exige de faire pleurer dans les chaumières. Si l'on véhicule l'image d'une personne hyperdynamique, bien dans sa peau et conquérante, qui sortira encore son chéquier ?

Nous sommes nombreux à avoir agi pour prouver que le handicap ne se résume pas toujours à cette compassion bienveillante. On me reproche souvent, notamment sur les réseaux sociaux, d'être un « cas à part », peu représentatif des personnes handicapées. Cela vaut pour une armada de personnalités, à commencer par Théo Curin qui a fait bien du chemin et s'expose où on ne l'attend pas, par exemple en tant que mannequin pour une célèbre marque de cosmétiques. Je pense aussi à la championne de para-athlétisme Marie-Amélie Le Fur, à l'ex-rugbyman tétraplégique Tony Moggio qui se lance un défi à la seconde ou encore à Didier Roche, *serial* entrepreneur aveugle qui a créé les Restaurants dans le noir… Peut-on nous reprocher d'avoir défié les conventions, d'avoir, par nos envies et surtout notre travail, renversé les barrières ? Serions-nous entrés en zone interdite ? Nos parcours ne collent plus à la vision misérabiliste et passéiste du handicap. Et ça ne passe pas…

Notre société, pas vraiment ouverte, a cette fâcheuse propension à maintenir les personnes concernées dans l'empêchement. C'est parfois aussi le cas des proches eux-mêmes, notamment de parents d'enfants handicapés. J'en ai croisé quelques-uns, surprotecteurs, qui ne prennent jamais le risque de lâcher (un peu) la main de leur enfant. Y a-t-il un danger, lorsque évidemment la situation et l'état de santé le permettent, à dire : « Ose, libère-toi, cours, roule, bouge ! » ? Combien refusent de laisser leur enfant pratiquer un sport parce qu'ils ont peur pour lui ? Il tombera, peut-être, mais apprendra à se relever, plus fort encore.

Heureusement, depuis quelques années, les mentalités évoluent, les revendications des personnes concernées s'affermissent, dénonçant les discours « validistes » qui laissent de côté ceux qui ne correspondent pas à la norme. J'espère avoir fait ma part du job et m'être affranchi. Alors ce don, qui m'a longtemps maintenu à merci, j'ai décidé de le restituer et de le transformer en partage. Un contrat gagnant-

gagnant, équitable, qui va devenir la pièce maîtresse de mes aventures.

Le collectif, ma came

Dans les minutes qui ont suivi mon accident, une déferlante d'humains s'est relayée pour me sauver la vie : mon voisin qui enfile des bottes et des gants en caoutchouc pour monter à l'échelle et éteindre l'incendie, les pompiers, le pilote d'hélicoptère qui me parle sans relâche pour me tenir éveillé, les urgentistes de l'hôpital, le centre de rééducation où je vais passer presque deux ans. Grâce à eux, j'ai éprouvé la force du collectif qui a ressuscité l'homme qui devait mourir. La force de leurs bras pour me porter, de leurs talents pour me réparer, de leurs sourires pour ne jamais me laisser perdre espoir… De toute façon, dans mon état, je n'ai pas le choix. La dépendance est devenue ma compagne, ma prison, même pour les actes les plus banals. Sans l'autre, je reste échoué.

Un jour, à Paris, je me trouve face à un restaurant qui me fait saliver. Le hic, c'est qu'il y a trois marches à l'entrée. Pas accessible, comme d'hab ! J'avise quatre jeunes gaillards, fringants et plutôt athlétiques, sans être certain qu'ils sont ensemble. L'envie est trop forte, la frustration immense alors j'ai le « courage » de leur demander de me porter. En une fraction de seconde, je suis hissé. En les regardant s'éloigner, je remarque qu'ils sourient. Cet instant éphémère nous a offert à chacun un peu de plaisir, sans contrainte ni charité.

Si mes débuts en société furent plutôt traumatisants, comme je l'ai déjà évoqué, j'ai par la suite vécu un grand nombre de moments réjouissants. Toujours à Paris, je décide de tenter un truc débile pour un mec en fauteuil : prendre le métro. À l'entrée, il y a un ascenseur mais pas à la sortie. Face à une volée de marches, je mesure l'ampleur de ma galère. J'interpelle quelques passants dans une indifférence « parisienne ». Puis, tout à coup, je me sens soulevé dans les airs et propulsé en haut de l'escalier. Une équipe de rugbymen qui passait par là m'a empoigné sans même me prévenir.

Une autre anecdote peut prêter à sourire. Je décide de me rendre tout seul à la foire expo de Poitiers. Dans les allées du salon, je ressens une envie très pressante et, à force de résister, finis par me tordre réellement de douleur. Pas le choix, je dois apostropher des visiteurs, de préférence des hommes :

— Désolé de vous importuner mais je dois vous demander un service, disons, assez particulier. J'ai besoin d'aller aux toilettes... Pourriez-vous m'aider ?

Comme je m'y attendais, un premier refus, catégorique, interloqué :

— Non, non, non, je ne fais pas ça, moi !

Puis un deuxième, un autre, encore un autre, un dixième, un quinzième... Jusqu'au moment où je tombe sur un candidat apparemment plus disposé mais terriblement inquiet :

— OK mais je fais comment ?

— Ne vous inquiétez pas, vous ne touchez à rien. Vous défaites mon pantalon, vous baissez mon caleçon en restant derrière moi. Et puis, quand j'ai fini, vous remontez tout ça.

Il accepte et s'en tire fort bien. Je le remercie en lui disant le bien qu'il m'a fait. Il me répond :

— C'était avec plaisir en fin de compte.

Je me suis à la fois senti rabaissé par la situation et rassuré par la générosité de certains de mes concitoyens.

Cet embarras, je l'ai maintes fois redouté pour mes soins intimes. La première fois où un inconnu m'a déshabillé pour ma toilette, ce fut la panique totale. Il ne s'agit pas d'indignité mais de pudeur. Il faut l'avoir vécu pour comprendre. Comment accepter qu'un étranger, qu'il soit homme ou femme, touche mon sexe sans que je ne ressente un profond malaise ? Et, soyons franc, en présence d'une infirmière, mieux vaut penser à autre chose. C'est l'humiliation maximale. Je me confonds en excuses ; habituée, elle tente de dissiper ma gêne en m'assurant que ma « réaction » est naturelle.

Un peu plus haut, je n'ai pas employé le mot « courage » par hasard. Il en faut pour se mettre à nu, au propre comme au figuré. Avant mon accident, comme la plupart des gens, je considérais que demander un coup de main était un déshonneur. Nous avons souvent parlé de cela en centre de rééducation avec mes pairs. Les quadras, surtout, avertissaient : « Je suis le chef de la meute, je suis l'homme et un homme ne réclame pas de l'aide. Jamais personne ne me soulèvera pour me sortir de mon lit et me mettre dans un fauteuil, tu m'entends ? » Je consens qu'au début j'ai eu des réticences, liées aussi à la peur de me faire rembarrer, ce qui est très rarement arrivé. Mais, rapidement, j'ai compris que je trouverais dans le partage mon salut, jusqu'à en faire une arme de séduction massive, indispensable pour briser la glace face au handicap.

Ensemble, on va plus loin…

Pour préparer la Manche, ce besoin de l'autre va être poussé à l'extrême. L'élément déclencheur fut Suzana, qui m'a suivi, par amour et ignorance. Ce délire provoque un sursaut mental fort, un sentiment de puissance, l'esprit aux aguets, l'envie de tout démonter… Mais dans la durée ? Je prends rapidement conscience que notre duo ne suffira pas et qu'il me faut un autre carburant : le mental de l'équipe.

Je suis comme au 1er janvier. Chaque année, en ce jour tout nouveau, on fait table rase des mauvaises habitudes, et, devant témoins, même les plus éméchés prennent une flopée de bonnes résolutions. Je vais arrêter de fumer, je vais perdre du poids, je vais m'inscrire dans un club de sport… À minuit pétant, sous le gui, nous sommes des millions à jurer nos grands « démons » que cette fois-ci est la bonne. La plupart de ceux qui auront dessaoulé iront s'inscrire à la salle dès le surlendemain. Le premier jour, ils déploieront une motivation toute fraîche. Le deuxième, idem. Le troisième, mouais. Puis viendra le quatrième : « Bon, bah, j'irai demain. » C'est fini, l'énergie s'est envolée. Pourquoi ? Parce qu'ils sont seuls, sans coach pour les accompagner et les rebooster lorsque la volonté faiblit et que l'étincelle chancelle. L'énergie qui est en nous a besoin d'être nourrie. Sans cette coopération, l'issue est plus incertaine. « Seul on va plus vite, ensemble on va plus loin », assure un proverbe africain qui illustre l'intelligence collective.

Je me souviens encore de notre premier contact. Je leur ai dit : « Voilà le paquet, transformez-moi ! » Et ils ont réussi, sans ajournement ni répit. « Ils », c'est l'équipe qui s'est montée autour de moi pour le défi de la Manche et qui a eu l'audace de me faire confiance. Sans eux, mon rêve serait resté au fond d'un placard. C'est cette alliance qui a permis « notre » réussite. Chacun m'a offert son énergie.

Participer à une aventure commune est valorisant pour l'équipe. Les choses ne sont pas forcément dites, trop de pudeur, mais l'osmose se perçoit au-delà des mots. Il suffit d'un « Putain, on l'a fait » pour comprendre la satisfaction intense qui nous unit. Pas de liesse, pas de cris mais le bonheur du travail accompli. L'alchimie est telle qu'il fut parfois bien douloureux de briser ce lien. Il ne s'agit pas d'idéaliser, tout ne fut pas rose. Il y a eu parfois des engueulades, des séparations, des rivalités, des déceptions. C'est humain.

Ce rayonnement et cette émulation ont néanmoins permis d'unir des tempéraments divers contribuant parfois à de grandes avancées. Citons mes prothèses qui, aujourd'hui, grâce au talent d'un ingénieur, permettent aux jeunes générations de nager sans entrave et de manière décomplexée. Citons le carrossier qui peut désormais répondre aux caprices d'un pilote amputé. Citons également l'évolution du règlement sur le Dakar qui m'avait, au début, fermé ses portes. Dans ce même élan, je pense aussi à d'autres précurseurs comme le skipper Damien Seguin à qui l'on avait interdit de naviguer sur la Solitaire du Figaro parce qu'il est né sans main gauche ; à force de pugnacité, il a fait flancher les instances. Depuis, ce marin se mesure sans distinguo à ceux que l'on dit « valides ». En 2021, il bouclait le plus exigeant des tours du monde en solitaire, sans escale et sans assistance, septième à franchir la ligne d'arrivée sur le Vendée Globe après 80 jours, 21 heures, 58 minutes et 20 secondes. Un parcours époustouflant !

Je n'ai pas mesuré cet impact lorsque j'étais dans le dur mais, avec le recul, je prends conscience que j'ai embarqué bien des gens, avec l'espoir d'avoir un peu bousculé le cours de leur vie et, surtout, attisé leurs propres désirs. Il ne s'agit pas, pour ceux qui nous accompagnent et nous portent, de vivre par procuration. Ils sont un maillon essentiel de la chaîne. Des mercenaires, des mousquetaires. Tous pour un, un pour tous.

Ma botte secrète ?

Parce que l'argent reste le nerf de la guerre, la plus grande gageure est de convaincre des partenaires financiers. Pour la Manche, par exemple, je rédige un dossier de sponsoring dans lequel je détaille mon parcours. Je me décris comme « quadri-amputé », appartenant à la « minorité non visible » puis enchaîne : « Cette épreuve emblématique de la natation au long cours, la reine de la discipline, je m'efforcerai d'être son roi. Tous vous le diront, ce bras de mer d'une trentaine de kilomètres est un sommet à gravir. Je ne suis pas un conquérant de l'inutile mais le porteur d'un flambeau d'espoir pour tous ceux qui croient que la vie n'est que souffrance. J'ai la tête sur les épaules et sais que cela va être difficile mais je me prépare en conséquence, physiquement et moralement. » J'ai sorti le grand jeu, ma « meilleure » prose.

Je tâtonne auprès du département de la Vienne que j'ai engagé bien malgré lui face caméra ; sans rancune, un peu coincé, il accepte de m'épauler. Conforté par cette première réussite, je me sens pousser des ailes, mon aplomb n'aura plus de limites. En m'observant, tout esprit sain devrait répondre non. Pourtant, j'arrive à convaincre, ne flanchant jamais devant la rebuffade ou le mépris. Il suffit d'un seul oui. C'est un peu le principe du mailing que nous nous empressons de jeter à la poubelle. Sur mille lettres envoyées, même une poignée de réponses permet d'atteindre l'objectif. M'inspirant de ce concept marketing, j'enchaîne les rendez-vous. Lorsqu'on me sort par la porte, je reviens par la fenêtre. Pour la Manche, j'ai recherché des partenaires durant deux ans, jusqu'au dernier jour. Comme toujours d'ailleurs.

Nous avons tendance à jeter l'éponge devant le premier refus : « J'ai été nul, je n'ai pas réussi à me vendre, je laisse tomber. » Alors que la personne qui est en face de nous n'a peut-être tout simplement pas compris notre rêve. La plupart de demandeurs se sentent décontenancés, parfois meurtris, illégitimes et renoncent. Question d'amour-propre ! Mais qui a inventé ce mot tordu ? Il y aurait donc de l'amour sale ? En quoi serait-il dévalorisant d'avoir un magnifique projet et d'y croire ? En participant à quelques festivals d'aventure, je retrouve souvent des profils similaires au mien. Ces aventuriers ont essuyé eux aussi de nombreux refus car les esprits affranchis décontenancent. Pourtant, ils se sont obstinés, ont tout quitté. Finalement à raison car la plupart ont fini par embarquer les soutiens dont ils avaient besoin, souvent in extremis. Ils ont été traités de fous avant que tout ne change une fois la ligne d'arrivée franchie. Tout à coup, le dédain se transforme en admiration, et c'est à la faveur de la réussite que leur parcours devient inspirant. Pas mégalo, juste dingo !

Ma botte secrète, c'est la « rencontre ». Aucune décision ne sera jamais prise sans une poignée de main. Il faut être en présence, miser sur le contact humain, se parler entre quatre yeux et faire transpirer la passion. Avec conviction, j'invite mon interlocuteur dans mes rêves. Et la contagion opère.

Comment ai-je réussi à convaincre autant de gens de me suivre ? C'est une question que l'on me pose souvent et qui, visiblement, intrigue. Ma réponse, dans un grand sourire : « Combien avez-vous sur vous pour que je vous délivre mon secret ? » En réalité, je n'en ai pas. Les portes se sont ouvertes lorsque j'ai croisé des gens aussi déraisonnables que moi. J'adore cette réplique culte de Lino Ventura dans *Les Tontons flingueurs*, écrite par Michel Audiard : « Les cons, ça ose tout, c'est même à ça qu'on les reconnaît. » M'en fous de passer pour un con car, au bout, je devine un putain de bonheur. Ce qui plaît aux gens c'est que je ne crée pas de personnage. Pas de ronds de jambe pour amadouer, un parler franc, à cœur ouvert. C'est peut-être de là que vient ma force de conviction, le fait d'être en demande, dans l'attente de l'autre, avec une sincérité qui doit transpirer de chacun de mes pores. Si j'ai besoin d'argent, il me faut aussi la confiance du partenaire, qui s'agrège de manière forte à la mienne. Lorsque nous avons lancé l'Académie pour jeunes nageurs handi, j'ai prévenu : « On attend que vous souteniez les gamins, que vous les suiviez sur les réseaux sociaux, que vous vous investissiez pleinement. Venez filmer les entraînements, faire des photos et les partager avec vos collaborateurs. Inspirez-vous de l'énergie qu'ils vont déployer afin d'être sélectionnés pour les Jeux paralympiques de Paris 2024 et faites-en une force pour votre entreprise. » La force du groupe !

Lors de mes conférences, je dis souvent que le « je » n'existe pas. Ceux qui répètent « Je, je, je… » de manière compulsive sont facilement repérables, mieux vaut les fuir. Récemment, je rencontre un chef d'entreprise. Sur les murs, j'observe des photos où il prend la pose aux côtés de célébrités ou de chefs d'État. Il me débite son discours autocentré, en chaussettes, les pieds sur son bureau. « Ouais, j'ai réussi, je suis fier, j'assure… » Un grand moment de solitude. J'ai fait sa conférence car il m'avait promis de l'aide pour l'Académie avant de se rétracter. J'aurais dû m'en douter.

Malgré quelques désillusions, j'observe qu'il y a tout autour de nous des défricheurs prêts à s'émouvoir, à parier, à expérimenter, à tout déchirer. Ils n'ont pas toujours la force de mener mais sont enclins à accompagner, pour sortir du train-train et se laisser inspirer. Si 99 % des gens n'ont pas cru en moi, ils sont une poignée à m'avoir regardé des étoiles plein les yeux. Figé dans le même espace-temps, cet essaim de pionniers s'est mis à divaguer à mes côtés, heureux d'imaginer ces moments fous à l'unisson.

Sans cette « fusion collaborative », impossible de larguer les amarres. À plusieurs, le rêve est plus fort et plus grand. Ce qui n'exclut pas les doutes, une « faiblesse » nécessaire pour ne pas faire preuve de trop de morgue. Mais, pour consolider ce « chaînon défaillant », j'apprécie de pouvoir me reposer sur la conviction de ceux qui ont eu envie de me suivre. Top départ !

Et ce n'est parfois qu'à l'arrivée que j'ai le fin mot de l'histoire... Quelque temps après la Manche, nous organisons une réunion avec tous ceux qui se sont impliqués, la ville, le département, les gendarmes... Devant l'assemblée, chacun s'empare du micro : « J'y ai cru, j'étais à fond avec toi... » Mais, plus tard, après quelques coupes de champagne, le discours officiel prend l'eau : « Honnêtement, Philippe, je voulais te le dire, au départ je ne pensais pas que tu réussirais. Mais j'ai vu un zébulon débarquer dans mon bureau, qui me débitait son truc avec des yeux qui pétillaient dans tous les sens, convaincu de sa victoire, alors je ne pouvais pas faire autrement que de l'aider. » Était-ce de la compassion, de l'empathie ? Je ne crois pas. C'est le « pétillant » qui l'a accroché. Pour les autres projets, la donne a changé. J'avais fait mes preuves et l'on savait de quoi j'étais capable, le contrat était plus facile à signer.

Si les autres ont été indispensables pour aller au bout de mes projets, ce n'est pas pour autant que je les ai épargnés.

Carrément méchant, jamais content !

Je n'ai aucun défaut. Ou disons plutôt que mes qualités deviennent des défauts : la ténacité, le désir de me surpasser, de déjouer la fatalité. Parfois coûte que coûte ? Le jusqu'au-boutisme ne se fait pas sans dommages collatéraux.

J'ai supposé au début de ce livre que j'avais un très fort quotient émotionnel et une hypersensibilité exacerbée. N'est-ce pas contradictoire avec ce que je vais maintenant dévoiler ? Peut-être, peut-être pas, je n'échappe pas aux contradictions… J'ai l'impression que lorsque je poursuis un objectif, j'entre en état de catharsis, comme pour sublimer mes pulsions. Il y a deux hommes en moi.

Toute ma vie se focalise sur mon projet, H24, une obsession qui m'empêche de m'endormir puis hante mes songes. Dans ces circonstances, pour être franc, je ne fais pas de cadeaux à ceux qui m'entourent. J'exige de mes collaborateurs la même implication, parfois dévorante. Et, dans les moments de forte tension, je suis quelquefois tyrannique avec ceux qui m'aiment fort.

Sur la Manche, ma *team* sportive subit une pression monumentale, surtout Valérie. Elle a signé pour un défi a priori absurde avec une obligation de résultat, vis-à-vis de la ville, son employeur, vis-à-vis de moi, et surtout d'elle-même. Elle s'implique sans compter, jusqu'à l'excès. Est-ce à cause de ce surinvestissement qu'elle a flanché, longtemps après, cessant même un temps d'entraîner les enfants ? Le contrecoup a été violent, d'autant qu'elle avait parfaitement campé le rôle de méchante pour ne créer aucun affect entre nous. Combien de fois m'a-t-elle dit : « On a un objectif et ce n'est pas d'être copains. » Lorsqu'elle ordonne, je me tais, parfois je la hais. Un dominé, un dominant. J'ai mis mon ego dans un sac que j'ai jeté à la mer. J'ai compris qu'il fallait avoir l'humilité de se soumettre. Et de faire confiance.

Lors de la fête organisée après la traversée, elle veut danser avec moi, je la repousse. Même si elle fut la pièce maîtresse de ma victoire, tout me rappelle qu'elle fut aussi mon bourreau. On ne danse pas avec son bourreau. J'ai compris plus tard que ce n'était pas sa nature profonde, et, qu'en dépit de son caractère bien trempé, elle était pleine d'amour. Son dévouement, brutal, avait été le plus précieux des cadeaux. Nous en avons parlé et cela nous a soulagés. Pensant avoir été le seul à tout donner, j'ai alors mesuré l'ampleur de son sacrifice.

Suzana, ma compagne, est elle aussi sur la ligne de front. Elle est allée au bout d'elle-même, au-delà de ce qu'elle aurait pu imaginer, mettant entre parenthèses deux années de sa vie pour un défi qui n'était pas le sien. Elle a encaissé mes sautes d'humeur sans broncher, subissant mon obsession jusque dans sa chair, acceptant de rester des heures autour d'un lac dans le froid cinglant de l'hiver, en silence, pour me protéger et ne jamais me faire dévier de ma trajectoire. Comme Valérie, elle s'est abîmée dans le dévouement. Tout à mon défi, j'avais enfilé des œillères pour demeurer aveugle. Cette loyauté, j'en ai parfois profité avec la conviction qu'il fallait en passer par là pour toucher au but.

Au nom de l'aventure, j'admets avoir été quelquefois un pur égoïste, hermétique à leur supplice. Serait-ce la rançon de la gloire, lorsque la fureur de vaincre n'autorise aucune demi-mesure ? Pas le temps de penser à l'autre, focus sur l'objectif. En croisant pas mal d'aventuriers et de sportifs de haut niveau, j'ai souvent remarqué ce type de caractère très autocentré, plutôt chez les hommes d'ailleurs. Certaines compagnes se sont confiées à Suzana, vivant, elles aussi, dans l'ombre du « héros », renonçant à tout et à elles-mêmes. Enfermé dans ma bulle, j'ai besoin du soutien des autres pour qu'ils l'entourent, la protègent, la caressent mais gare à celui qui la perce... Sur la Manche, j'ai carburé tous les jours, avec la rage et l'énergie du désespoir. Dans ces circonstances, l'empathie est un frein, pour les autres... et pour soi-même. Si j'ai blessé, je me suis blessé aussi. Dans une eau à 30 °C en mer Rouge, progressant dans une zone de tension politique extrême sous la menace des mitraillettes, dans les remous de Gibraltar parcourus de cargos qui manquent de me saucissonner avec leurs hélices, dans les brouillards givrants du détroit de Béring, je me suis exposé au pire...

N'y aurait-il donc pas de victoire sans souffrance ? J'ai appris cela très tôt, en centre de rééducation. Pour survivre, j'ai dû me faire violence, endurer des heures de torture, ne jamais remettre l'effort au lendemain. Ces infortunes ont forgé mon tempérament, parfois de fer. Dans ce mode survie, il y a peu de place pour la compassion. Avec le recul, je reconnais avoir fait des erreurs. Aucune victoire ne mérite de meurtrir ceux qu'on aime. Pour autant, aurais-je réussi si j'avais agi autrement ? Je n'ai pas de réponse. Sur la dernière ligne droite, lorsque je suis dans le dur, cette urgence presque vitale me rattrape. Je deviens une machine de guerre, seul au monde, verrouillé dans mon rêve. Je le sais.

Mais une fois l'objectif atteint, plus d'excuses ni de circonstances atténuantes. Il s'agit d'appuyer sur *reset*, de revenir aux fondamentaux, d'effacer les comportements excessifs, de regarder autour de soi, de faire le bilan des dommages et des frustrations. À chaque nouveau projet, je mûris, suis plus enclin au dialogue, plus avide de conseils. J'apprends à déléguer, à faire confiance et surtout à prendre soin de l'autre. Sur le Dakar, Suzana s'est à nouveau impliquée sans compter mais, en conduisant le camion d'assistance, elle était engagée dans son propre défi. J'avais eu le temps de tirer les leçons de la Manche et des Cinq continents, ce qui m'a permis de répartir les responsabilités, de la soulager et d'être plus présent pour elle.

Que de projets fous ! Que de risques souvent insensés ! Que d'efforts insoupçonnables pour tous ! Que d'enthousiasme ! Et, au bout, l'ivresse de la réussite ! Mais, quand l'aventure est terminée, quelle analyse peut-on en faire ?

En repensant aujourd'hui à la Manche, je me fais peur. Et c'est là mon plus grand paradoxe. J'ose le dire, si c'était à refaire, en sachant maintenant ce que j'ai affronté, je ne le referais pas. Ce défi a changé ma vie mais avec trop de violence, pour tous. Il faut, pour se lancer dans une telle folie, de l'insouciance et une totale virginité. Lorsqu'on a connu l'enfer, impossible d'y retourner. Parfois l'expérience peut devenir un frein, et connaître, c'est s'empêcher. Ce n'est pas pour autant que je renonce à d'autres expériences mais encore faut-il qu'elles me soient inconnues.

Chapitre 9

Être un passeur

Un exemple inspirant ?

Mon frère aîné, Jean-Luc, était un type plan-plan et pantouflard. Une vie tranquille, des enfants, un boulot de chauffeur-livreur. Il m'a vu m'entraîner, de loin, juste observateur, pas vraiment concerné. Jusqu'au jour où il me fait une confession inattendue : « J'ai envie de ressentir ce que tu as ressenti, mon frère. » Alors qu'il n'apprécie pas du tout l'eau, il décide de s'initier à la natation avec deux pompiers – il deviendra d'ailleurs pompier volontaire, c'est dire si sa révolution est radicale –, jetant sa toute nouvelle motivation dans le lac où j'ai vécu le martyre. Sa préparation va bon train, il se muscle, s'étoffe, gagne en souffle… Au bout de quelques semaines, il décide de tenter sa première expérience, la traversée du bassin d'Arcachon, une dizaine de kilomètres depuis le cap Ferret. Il veut évidemment partager ce moment avec moi. Je le préviens de choisir une fenêtre météo assez large, au moins cinq jours, pour éviter toute déconvenue. M'a-t-il écouté ? Il a visiblement organisé ce défi fraternel à la perfection, au point de solliciter toutes les forces de sécurité disponibles dans la région : les pompiers, les sauveteurs en mer, les gendarmes. Un débordement sécuritaire rarement égalé, auquel il faut ajouter la presse locale et des bateaux pour embarquer la famille.

14 octobre 2012. Pas de bol, tempête ! Il me met devant le fait accompli :

— Faut le faire maintenant parce que je n'ai prévu que cette journée.

Il ne m'a donc pas entendu. Je conserve mon sang-froid, pas de problème pour moi, je suis surentraîné puisque je reviens juste des Cinq continents où j'ai résisté à la colère des océans… Mais lui, est-il taillé pour ce challenge ? Il prend la décision d'y aller.

Top chrono. Je mets en marche un crawl à un rythme soutenu, tout en faisant attention à lui. Ma boussole, c'est le clocher d'Arcachon. Cadence de pro, tête sous l'eau. Clocher d'Arcachon. Tête sous l'eau. Après quelques longueurs, je l'ai déjà perdu. Je vois un Jet-Ski s'éloigner à pleine vitesse pour tenter de le ramener dans le sillage. Durant des heures, Jean-Luc va s'efforcer de maintenir le cap, oscillant comme un pantin désarticulé, fouetté par les vagues. Impossible de le rejoindre, car il s'est trop déporté et la mer se gâte. Il vient à bout de cet essorage plus d'une heure après moi, sain et sauf mais lessivé. Il s'agenouille, en pleurs :

— Maintenant, je sais.

Il m'avoue avoir eu besoin d'être confronté à ce que j'avais enduré... Pas pour égaler mais pour comprendre. Après avoir éprouvé à son tour la force de l'abnégation et du dévouement sans limites à l'exploit, son regard a changé. Il n'était pas là lors de mon arrivée au pied des falaises françaises, et me dit maintenant le regretter amèrement. Je n'ai jamais su pourquoi... Peut-être n'y croyait-il pas, il faudrait que je le lui demande.

Après Arcachon, il a détesté la natation mais n'a pas perdu pour autant le goût du challenge, décidant de se mettre à un sport au sec, la course à pied, devenue, depuis, une véritable drogue. Il court le marathon, a fait l'acquisition d'un fauteuil de course pour accompagner des enfants handicapés et d'une joëlette, sorte de chaise à porteurs posée sur une roue qui permet d'emmener des personnes à mobilité réduite sur les chemins les plus escarpés. Depuis, nous avons vécu de merveilleuses aventures ensemble. En 2014, nous participons au Trail de Bourbon, la course secondaire de la Diagonale des fous qui traverse les reliefs de l'île de La Réunion dans tous ses excès : 93 kilomètres au total, au bord des précipices, au fond de cirques vertigineux et sur des sentiers capricieux. À pied pour lui, en joëlette pour moi en relais avec une vingtaine d'enfants réunionnais handicapés.

En dehors de cet exemple familial, je reçois de nombreux messages de personnes qui me disent avoir été inspirées par mon engagement, surtout dans le domaine sportif. Je me souviens d'un monsieur avec quelques soucis cardiaques : « J'avais envie de courir mais mon médecin me le déconseillait. Je ne l'ai pas écouté, je vous ai écouté, vous. Et j'ai fait un marathon, en pensant à vous tout au long de la course, jusqu'à la ligne d'arrivée. Je voulais que vous le sachiez. Et vous remercier. »

Il y a quelque temps, un homme en situation de handicap est venu me voir avec cette idée folle de tenter à la nage une traversée bien plus périlleuse que les miennes, que je garderai secrète pour ne pas le trahir. Il s'est mis en tête de partir six mois plus tard. Mais même si son envie est forte, il n'a pas l'étoffe, pas pour le moment. Après sa visite, je n'ai pas dormi de la nuit, convaincu qu'il courait à la catastrophe ; mais je me suis aussi reconnu en lui, faisant face à une déferlante de scepticisme. Le lendemain, fort contrarié, je le rappelle : « Ton projet n'est pas encore abouti, tu dois rêver plus grand pour convaincre. Et, pour cela, il te faut beaucoup de temps pour, surtout, ne rien laisser au hasard. » À aucun moment, je n'ai cherché à briser ses ailes, comme on l'avait fait pour moi. Pour une aventure aussi insensée, il doit peaufiner son entraînement, gagner en musculature, s'entourer des meilleurs… Il n'est pas le premier à me faire part de ses intentions, je suis devenu un peu l'expert en folies aquatiques et autres, qu'on vient parfois consulter pour recueillir un feu vert. Franzy est de ceux-là, ce jeune garçon quadri-amputé que j'ai rencontré à l'hôpital de Tours. Enfin sorti de son mutisme, il a voulu se lancer dans un tour de France en handbike, un vélo couché à assistance électrique adapté pour les personnes handicapées. Pas sportif, un peu replet, parti de zéro… Ce n'était pas gagné. Et pourtant, en mettant toutes les chances de son côté et en ne ménageant aucun effort, il a accompli cette épreuve de force fin 2021 : 2 000 kilomètres au total en vingt-sept jours pour ce jeune Niortais de 34 ans.

Mais celui que j'ai soutenu et encouragé le plus, c'est Théo Curin, mon « mini-moi ». Notre amitié a fait naître une passion commune pour la natation. Ce n'était pourtant pas gagné car il redoutait l'eau. Et puis, un jour, il m'a fait une sacrée surprise, en se jetant dans le bassin devant moi. Il avait, durant des mois, appris à nager en secret. Depuis, Théo a fait du chemin… Il était le plus jeune athlète de la sélection française aux Jeux de Rio en 2016, à seulement 16 ans, puis a décroché le titre de vice-champion du monde de natation paralympique. Depuis, il a renoncé à la compétition et s'est affranchi des couloirs de nage pour enchaîner les défis en eaux libres avec brio. En novembre 2021, à l'âge de 21 ans, avec deux comparses, la vice-championne olympique de natation Malia Metella et l'éco-aventurier Matthieu Witvoet, il est venu à bout de la traversée du lac Titicaca, entre Bolivie et Pérou. Cent huit kilomètres, dix jours de nage, dans une « mer » déchaînée, pris dans un orage de grêle, en totale autonomie, en tractant à tour de rôle un radeau de survie de 500 kilos à bord duquel ils devaient manger et se reposer. En juillet 2022, il participait à l'émission de téléréalité *Pékin express* avant de tenter un autre défi en novembre 2022, le marathon aquatique de Santa Fe-Coronda, en Argentine. Aucun athlète handisport n'avait osé se lancer dans cette course de 57 kilomètres réputée pour ses conditions déroutantes : une eau opaque et boueuse, une température élevée, des courants impétueux et la présence de méduses, piranhas et caïmans… Il l'a matée en 8 heures et 52 minutes, juste une heure de plus que le vainqueur.

Tous ne sont pas en situation de handicap, et je pense aussi à Caroline Moireaux qui m'attendait en haut de la falaise lors de mes derniers mètres éprouvants dans la Manche. J'ai appris qu'elle avait réalisé un tour du monde à pied, à vélo et en bateau, durant huit ans. Plus de 53 000 kilomètres et trente pays traversés. C'est en me voyant me battre contre les éléments qu'elle a décidé, presque aussitôt, de tout envoyer valser pour partir un sac sur le dos, en solo. Un rêve pour un rêve !

Héros mais pas trop !

Si j'inspire certains, je sais aussi que mon parcours très atypique peut exaspérer. J'ai parfois pu lire : « Vous nous saoulez à être meilleur que tout le monde ! », « Marre de n'entendre parler que de vous ». Des exemples comme le mien ne risquent-ils pas de mettre certaines personnes en difficulté : « Si je n'y arrive pas, c'est que je suis nul. » Je n'ai jamais encouragé au mimétisme. On peut se réaliser autrement que dans l'exploit. Alors comment aider les autres, les épauler, les accompagner ? J'ai rencontré des centaines de personnes enlisées dans la détresse. Souvent, je leur réponds : « Pensez-vous que je me suis réveillé après des mois de coma dans la peau d'un athlète de haut niveau, qu'en sortant de mon lit d'hôpital je me suis jeté à l'eau pour partir en brasse coulée et vaincre la mer en treize heures ? » La plupart des gens ne retiennent que la victoire mais elle n'est que la cerise sur le gâteau et, le gâteau, c'est deux ans d'asservissement. Moi aussi, j'ai manqué de ressort, durant des années. J'étais une âme en perdition. Mon handicap n'est pas un détail, j'arrive de très loin, d'un espace aux portes du royaume des morts. Si j'ai survécu, j'ai l'espoir que d'autres peuvent survivre. Je le répète, il n'y a pas de visée minuscule. Peu importent ses ambitions, un objectif reste un objectif. Tous les outils de résilience sont permis et tous les chemins bons à prendre. La première question que chacun doit se poser : « Qu'est-ce que j'aimerais faire ? » La deuxième : « Qu'est-ce qui m'en empêche ? »

J'observe une très forte autocensure chez la plupart des gens que je rencontre, notamment en situation de handicap. Peut-être parce que le conditionnement sociétal les dévalorise, les fige… Durant des décennies, on leur a asséné : « Vous ne pourrez pas aller à l'école, vous ne pourrez pas travailler, vous ne pourrez pas avoir un ou une amoureux(se). De toute façon, vous ne vivrez pas bien vieux. » Aujourd'hui, ces freins persistent, les archaïsmes ont la vie dure. Malgré tout, même si cela ne va jamais assez vite, même si la société reste terriblement imparfaite, les mentalités se sont (un peu) ouvertes. Je l'observe au sein des entreprises, notamment lors de la Semaine européenne pour l'emploi des personnes handicapées qui a lieu chaque année depuis plus de vingt-cinq ans en novembre. Elles sont davantage enclines à recruter des collaborateurs en situation de handicap mais certaines m'assurent qu'elles n'y parviennent pas, faute de candidats compétents. Les raisons sont multiples, notamment un accès à la formation encore défaillant, les promesses de l'école inclusive qui peinent à produire leurs effets. Je n'élude pas les blocages, mais les opportunités sont indéniablement plus grandes.

C'est Muriel Pénicaud, alors ministre du Travail, qui affirmait, en 2018 : « Nul n'est inemployable. » Alors, certes, la formule politique n'offre aucune garantie immédiate à ceux qui sont dans la galère mais elle a le mérite de fixer un cap, de marquer les esprits de ceux qui recrutent et peut-être permet-elle de lever l'autocensure de ceux qui doutent. Prenons un exemple : il y a quarante ans, les personnes atteintes de trisomie 21 avaient une espérance de vie relativement courte, l'accès à l'éducation et plus encore à l'emploi était une chimère. Aujourd'hui, la plupart sont assises sur les bancs de l'école, puis, en grandissant, elles sont de plus en plus nombreuses à trouver un emploi, y compris en milieu ordinaire, notamment dans les Cafés joyeux qu'on voit s'implanter un peu partout en France, au Portugal… Ce modèle est, certes, perfectible mais il a le mérite d'exister. Certains pionniers tentent des expériences, parfois décriées ; on les accuse de « servir la soupe aux valides, par bonne conscience ». À chaque étape, son revers de médaille et des détracteurs qui ont parfois la dent dure. Le monde idéal n'est pas pour demain. Néanmoins, même si le progrès est infime, il permet de déployer des ailes qu'on avait longtemps brisées. Lorsque j'interviens dans les établissements spécialisés, je glisse à l'oreille de ceux qui m'écoutent qu'ils sont eux aussi capables et surtout capables de bien s'entourer.

À l'époque où j'étais en centre de rééducation, comment aurais-je accueilli un type handicapé dopé à l'uranium, avec une patate d'enfer, venu me dire : « J'ai traversé la Manche à la nage » ? Peut-être aurais-je compris : « Lève-toi, feignasse, et nage ! », avant de l'envoyer bouler parce que j'étais encore dans ma douleur. Ou peut-être lui aurais-je dit : « Merci, tu m'as ouvert les chakras. » Exaspération ou inspiration ? Je me suis fréquemment demandé comment était reçue ma parole, quel impact elle avait. J'ai même eu peur de l'hostilité mais elle fut rare, et j'y ai vu plus de colère que de haine. Des esprits souvent blessés, à qui j'ai parfois tendu la main…

Le courage de dire non

Ma bonhomie rassure, mon sourire fait tomber les barrières, je suis d'un abord facile. Mais, pour me préserver, il a fallu m'assagir, mettre au défi ma nature profonde pour garder mes distances. Parce que j'ai souvent faibli face à la tentation de me porter au secours de la terre entière, parce que j'ai longtemps absorbé la douleur de l'autre jusqu'à défaillir, c'est mon entourage qui m'a sommé de dire non. Il en faut du courage. Et cela s'apprend.

Ma blessure d'abandon née dans l'enfance, renforcée par mon accident puis les grandes difficultés à rencontrer l'âme sœur ont fait de moi l'homme que je suis. Mon besoin d'être aimé et de plaire est si fort que j'en deviens incapable de repousser quiconque. Un regard furtif et je m'accroche, je m'offre en pâture à l'affection, j'accumule les déplacements, les scènes. J'en veux encore, encore et encore. De la reconnaissance, du partage, de la popularité… Je dis oui, oui, oui, au mépris de ce que je désire vraiment, parfois à contrecœur mais c'est incontrôlable, plus fort que moi.

À plusieurs reprises, Suzana tire le signal d'alarme : « T'es con ou quoi ? Tu vas crever ! » Il n'y a aucun excès dans ses paroles. Totalement accro, l'autre est devenu ma came, les applaudissements mon shoot. Dans ma grande naïveté des débuts, je suis persuadé que tous ces gens vont devenir mes amis. Nous allons former une magnifique communauté de résilience, d'empathie et d'amour. Pourtant, après chaque conférence, le business est fini, la porte de ma chambre d'hôtel se referme. Je suis cuit, défoncé, liquéfié. Et seul.

Ils sont cependant nombreux à me dire : « J'ai vraiment besoin de vous, il m'en faut plus ! » Je reçois des dizaines de messages chaque jour : « Mon tonton, ma tata, mon enfant, ma grand-mère… » La plupart du temps des SOS. Lorsque je suis présent sur un événement, les sollicitations affluent, l'un pour son club sportif, l'autre pour son école, le troisième pour son asso. En bon petit soldat sauveur, je réponds à chacun à la cadence du métronome. Dès qu'une association me propose d'être parrain, j'accepte, tout à ma gloire, sans négocier, avec un enthousiasme presque pathologique. Après avoir raccroché, je pense : « Mais pourquoi tu as dit oui, tu n'as plus de vie, tu es en train de couler ! » La boîte de Pandore est grande ouverte, les gens imaginent que je leur appartiens et leurs exigences vont crescendo. Alors que j'avais juste signé pour mon nom sur l'affiche et une dédicace en vidéo, certains m'inondent de messages, d'invitations et de projets, agitant la culpabilité pour achever de me convaincre : « Je te rappelle que tu as accepté d'être notre parrain ! » Et si, par malheur, je refuse : « Croizon, il nous sort son beau discours à la télé mais, en réalité, il n'est pas là pour les autres, il n'est pas celui qu'il prétend. » Comment pourrais-je m'investir intimement dans la vie de tous ceux qui ont du chagrin ?

Un jour, j'entends sonner à ma porte.

— C'est pour quoi ?

À l'Interphone, une voix de femme :

— Je suis bien chez Philippe Croizon ? Je viens de faire 300 kilomètres, j'arrive de Paris. Mon mari est mutique, il vous attend dans la voiture. Vous devez lui parler.

Elle avait appris où j'habitais dans un article de presse puis cherché mon adresse dans l'annuaire. Décontenancé, j'accepte de les laisser entrer. Nous avons pris un café, j'ai discuté avec son mari. Cette femme perdue était prête à tout, y compris à me signer un chèque en blanc. J'ai alors compris le pouvoir immense des gourous face à la détresse humaine. Mais cette intrusion fut violente, et serait ingérable si elle devait se répéter. Au fil du temps, je me suis perdu, privilégiant la quantité à la qualité. Je suis vampirisé.

Et, pourtant, je suis incapable de dire stop ! Un jour, Suzana l'a fait pour moi. Flairant le danger, elle appelle mon agent pour lui ordonner d'annuler tous mes rendez-vous. Nous avons pris le large en nous réfugiant quelques jours dans un hôtel, sans téléphone, sans réseaux sociaux, sans tentation. J'ai fini par comprendre pourquoi les personnalités publiques verrouillaient leurs fréquentations. La gloire en public, la solitude en privé.

Jusqu'au jour où on m'a fait une proposition et j'ai répondu : « Non ! » Enfin ! Comme si un autre que moi avait prononcé ce mot, je me suis entendu, surpris. Suzana s'est approchée : « Tu as vraiment dit non ? » Ce déclic m'a permis d'apprendre à ne plus me donner sans compter.

Le plus douloureux, c'est lorsqu'il s'agit d'un enfant. Pour Théo, je me suis déplacé, jusqu'en Lorraine, je me suis investi… Mais il ne peut pas y avoir mille Théo dans ma vie. Récemment, je me suis retrouvé face à un garçon d'une dizaine d'années amputé des quatre membres à l'âge de 6 mois. Ses parents ont fait un long trajet pour lui faire la surprise d'assister à l'une de mes conférences professionnelles, pourtant privée. Je suis son « idole ». Ils m'expliquent que leur fils a besoin d'un financement pour son matériel adapté et qu'ils ont créé une association pour collecter des fonds, destinée d'ailleurs à tous les enfants handicapés du village. J'interpelle alors l'assistance de commerciaux pour leur demander un coup de pouce, mais trouve le courage de dire à cette famille que je ne pourrai pas en faire davantage. De telles sollicitations me laissent démuni. C'est contre nature, j'ai mal.

Certaines anecdotes prêtent aussi à sourire. Après ma rencontre avec Elon Musk, je reçois des sollicitations les plus farfelues pour faire le lien avec le « boss ». Un type m'assure qu'il est capable de produire de l'hydrogène avec sa Cocotte-Minute dans son garage : « Appelle Elon pour moi, j'ai besoin de toi. On va gagner des millions. » Il m'envoie une vidéo avec une cocotte sur le gaz équipée d'un tuyau en cuivre crachant de la vapeur. Même moi, monsieur « Tout est possible », je reste néanmoins sceptique.

Peut-être suis-je passé à côté d'un prix Nobel et de la fortune ?

Je ne suis pas un cas unique victime de ce « syndrome » puisqu'il existe une abondante littérature sur le sujet. Les titres parlent d'eux-mêmes : *Savoir dire non !*, *Oser dire non*, *Apprendre à dire non* ou encore *Cessez d'être gentil, soyez vrai*... Ne pas être capable de refuser manifeste la peur de décevoir, de déplaire, de vexer, de passer pour un égoïste, d'entrer dans le conflit et, in fine, d'être rejeté. Pourtant, l'enfant de 2 ans qui se fait un plaisir de dire non toute la journée n'en est pas moins aimé. À travers ce non, il apprend à s'opposer, à ne pas se laisser marcher sur les pieds. Le non est l'affirmation de soi par excellence, empêchant ainsi l'autre de nous envahir. Lorsque je dis oui à contrecœur, je nie mes propres désirs et ma volonté, je me soumets, je me manque de respect. Apprendre à dire non aux autres, c'est apprendre à se dire oui à soi-même.

Du oui au non, il suffit de trois lettres pour changer la donne. Il ne s'agit pas de chasser l'autre de sa vie, mais d'agrandir l'intervalle qui nous sépare de lui. Ce « sevrage » se fait decrescendo, en commençant par des petits non sans grandes conséquences, sans prendre la peine de se justifier. Il existe quelques formules qui permettent d'y mettre les formes : « Je suis désolée mais je ne peux vraiment pas t'aider », « Non, je ne suis pas disponible », « Non, cela est compliqué pour moi ». Jusqu'au jour où l'on est capable de dire : « Non, je ne veux pas. » Cela ne signifie pas pour autant ne plus jamais dire oui, devenir antipathique ou aigri. Au contraire, mon opinion n'en sera que mieux entendue et ma valeur plus grande.

Le constat est bien triste mais très souvent lorsque je me suis impliqué à titre bénévole, je me suis rendu compte qu'on avait finalement assez peu d'égards pour moi. À l'inverse, lorsque je suis payé, j'acquiers de la valeur et l'on prend soin de « l'investissement ». Longtemps, j'ai donné de mon temps sans rien réclamer, participant à des tables rondes et des événements gratuitement. À l'époque, je n'ai aucune ressource mais défendre la « cause » suffit à mon bonheur. Jusqu'au jour où un autre participant me demande : « Et toi, tu as pris combien ? » Je reste coi. Ce fut une révélation, une révolution...

Quoi ma gueule ?

Je ne sais pas dire non et j'ai pourtant la réputation d'avoir une « grande gueule ». Est-ce encore une fois contradictoire ?

Il fut un temps où l'on a fait de moi le porte-parole du handicap parce que mon franc-parler a interpellé. Mais le handicap n'a rien à voir là-dedans ; à l'époque où j'étais syndicaliste ouvrier, je n'étais jamais le dernier à déverser des palettes sur la route, à y mettre le feu, à arracher des grilles. J'étais jeune, déchaîné et... valide. Militant dans l'âme, de mère en fils. Même en étant devenu un « ORNI », objet roulant non identifié, ma nature profonde n'a pas changé. Lorsque j'ai commencé à avoir un peu de visibilité, j'ai parlé du handicap avec la même fougue, un discours atypique, sortant des sentiers battus, sans précaution ni commisération.

Il y a encore quinze ans, ma liberté de ton était inconvenante. Je n'étais pourtant pas seul à donner de la voix. Le 29 mars 2008, sous Nicolas Sarkozy, en écho à la mobilisation féministe Ni pute ni soumise, le mouvement Ni pauvre ni soumis fait parler de lui. Je rejoins les rangs de cette manifestation portée par des citoyens handicapés qui réclament la revalorisation de leurs moyens d'existence, très largement en dessous du seuil de pauvreté. La SNCF a déboulonné les sièges de ses TGV pour que les militants puissent monter à bord en fauteuil roulant, convergeant de toute la France. À Paris, la foule est dense, la colère immense et la volonté tenace. Les gens défilent en fauteuil, dans des lits médicalisés. Près de trente mille personnes ont répondu à l'appel. Le moment est historique, et j'ai foi en cette formidable énergie.

Le président de la République répond en partie aux revendications et annonce, dès la veille de la mobilisation, une augmentation de 25 % de l'allocation adulte handicapée. Et puis ? Les rangs se sont desserrés. Chacun est retourné prêcher dans sa chapelle. On estime à douze millions le nombre de personnes vivant avec un handicap en France, à 80 % invisible, et presque onze millions d'aidants. Une minorité ? C'est au contraire une force de frappe phénoménale, qu'aucune « communauté » en nombre ne peut égaler. Lors de la campagne présidentielle de 2022, une grande association avait d'ailleurs lancé une campagne : « Nos vingt-trois millions de voix comptent ! ». Un vœu pieux car personne n'est foutu de s'entendre… Les hautes instances ont dû ricaner : « Vingt-trois millions ? Merci pour l'info. » Et après ?

Ma notoriété s'est construite autour du handicap, mais je ne capitalise plus dessus. Je finis toujours ma conférence par ces mots : « Je ne suis pas une personne handicapée mais capable autrement. » Les chefs d'entreprise ont les yeux qui pétillent. C'est le bon message ! C'est ce satané mot « handicap » qui nous colle à la peau et nous enlise. Je n'ai jamais renié mon handicap pour autant. Il est là, visible, manifeste, envahissant, je l'ai utilisé, j'en ai usé et parfois abusé. Mais, avec le recul, j'ai compris qu'il ne me définissait pas, en tout cas pas exclusivement. Au fil du temps, je m'en suis extirpé pour porter un message plus universel.

Si mon exemple n'est pas un remède, j'espère que mon enthousiasme, toujours sincère, peut aviver, une seule personne s'il le faut, peut-être deux. Ma prose n'est pas brillante, je ne suis pas philosophe mais si je peux être un catalyseur d'énergie, alors je poursuis ma croisade, car c'en est une de lutter contre les préjugés, dans le champ du handicap et ailleurs.

Surtout depuis qu'un nouvel outil est entré dans nos vies… Je veux parler d'Internet.

Chapitre 10

Web, le nouvel opium

Le Tweet qui déraille…

Un jour, dans un TGV, alors que je somnole, un contrôleur réclame à ma mère ma carte d'invalidité pour attester de mon handicap. Moi qui suis pourtant un grand voyageur, je n'ai jamais été confronté à une telle situation. Le quidam est renfrogné, pas vraiment aimable. Si j'ai réussi à faire mon deuil, pour ma maman le sujet reste sensible. Elle me montre du doigt :

— Mais, regardez-le. Qu'est-ce que vous voulez de plus ?

Le contrôleur persiste. Les autres passagers commencent à s'en mêler, ce qui n'a pour effet que de raffermir sa petite autorité. Pour détendre l'atmosphère, je m'adresse à ma mère :

— Montre-lui ma carte d'invalidité ! Tous les handicaps ne sont pas visibles et monsieur doit avoir des problèmes de vue.

Je reconnais la provoc. Le contrôleur saisit ma carte, la regarde à peine et la jette sur la tablette. C'en est trop ! Je sollicite alors un passager pour qu'il me prenne en photo et, dans la foulée, je twitte : « Quand un contrôleur me demande ma carte d'invalidité pour prouver que je suis vraiment handicapé. »

Et tout est parti en vrille... Je ne m'attendais pas à un tel déchaînement de réactions, voire de violences. D'un côté, les internautes prenant mon parti et déversant leur haine sur la compagnie et, de l'autre, les pro-SNCF, souvent des agents, excédés par les critiques incessantes. La blague vire au pugilat et je me retrouve au milieu d'un règlement de comptes. Les médias s'en mêlent. C'est alors que je reçois un appel. Au bout du fil, Guillaume Pepy, le patron de la SNCF, qui ne sait plus quoi faire pour éteindre l'incendie. « Le corbeau, honteux et confus, jura, mais un peu tard, qu'on ne l'y prendrait plus », écrivait Jean de la Fontaine. Ce corbeau qui a semé le trouble a appris à ses dépens la force phénoménale des réseaux sociaux. Lorsqu'on est un personnage public, mieux vaut éviter les *bad buzz*. Depuis, je tourne sept fois le doigt (que je n'ai pas) avant de le poser sur le clavier.

Un influenceur préhistorique ?

Suis-je de ceux qu'on appelle désormais les « influenceurs » ? Assez rapidement, avant même la déferlante des réseaux sociaux, je me suis fait une petite place dans l'espace public, notamment via la radio et la télé. J'étais un personnage suffisamment hors norme pour être repéré, et les médias me donnaient volontiers la parole, d'abord sur les questions de handicap puis sur tout et n'importe quoi. J'ai réagi, souvent à chaud, parfois trop. Alors, oui, à ma façon, en ces temps « préhistoriques », j'ai été un pionnier.

Et puis les réseaux sociaux ont déferlé. Et le ton a changé… C'est comme pactiser à la fois avec Dieu et le diable. Commençons par le bon côté des choses… Je mesure leur puissance pour créer et entretenir le lien, même à l'autre bout du monde. Un célèbre réseau m'a ouvert des portes insoupçonnées, me permettant d'aller toquer à la porte de grands patrons sans intermédiaires. Sans lui, aurais-je réussi mon plus gros coup de poker avec Elon Musk ? Après quelques déconvenues, j'ai appris à manier l'outil avec précaution, en m'exposant mais sans me livrer, actif mais dans la neutralité, toujours constructif et sans polémique. Pour tous ceux qui en font bon usage, les réseaux sociaux demeurent un précieux sésame.

J'ai un parterre de fans qui m'accordent leurs *likes*. Est-ce une manière de flatter mon ego ? Je ne crois pas, j'y vois juste l'occasion de partages sympas, sans prise de tête. Évidemment, je me réjouis si les retours sont positifs, si les gens apprécient mes vannes rafraîchissantes et mes posts inspirants, souvent illustrés d'émoticônes « Mort de rire ». Quelques perles…

« À ceux qui disent, le pauvre avec son handicap, n'oubliez pas que je ne me suis pas fait d'entorse à la cheville depuis 1994 » ; « J'ai testé pour vous la crème régénératrice des mains W. Bon, bah… Ça ne marche pas ! » ; « J'ai une blague sur les pieds mais elle risque de ne pas marcher. »

Mes *followers* me le rendent bien qui, à leur tour, me charrient de bonne guerre : « Les bons moments de l'année 2020 se comptent sur les doigts de Philippe Croizon », par Papy Ion ; « Vous avez une blague sur Philippe Croizon ? Parce que moi, gnon », par Tanguette ; « • Envoyer un DM à Elon Musk pour aller dans l'espace,

• Obtenir une réponse positive,

• Tomber sur le même vol que Philippe Croizon,

• Se disputer la place près du hublot,

• La jouer à chifoumi,

• Perdre contre un type qui réussit tout », par Burrhus.

Ou encore la contribution de l'humoriste Laurent Baffie : « C'est pas trop dur de faire la manche quand on n'a pas de bras ? »

Cela fait partie du jeu, pas toujours drôle mais jamais injurieux. Parce que mon capital sympathie est assez fort, j'ai la chance d'être épargné par la critique et n'ai jamais eu à modérer de commentaires détestables ou insultants. Et lorsqu'il m'arrive d'être égratigné, une armée de twittos me défend bec et ongles.

Rencontres du troisième type

C'est par ce biais que j'ai découvert une « drôle de créature ». Un matin, je tombe sur la publication d'une jeune femme, Charlotte Dhenaux, une minute un peu délire sur les peurs autour du handicap. Très sympa mais zéro vue ! Sans chercher à entrer en contact avec elle, je *like* et partage. Par la force de mon réseau, son post cartonne. Quelques semaines plus tard, elle m'envoie une vidéo. Elle est au bord de la mer avec sa nièce, et annonce fièrement : « Philippe, pour te remercier d'avoir partagé mon Tweet, nous aussi on va défier la Manche. » C'est marée basse, la mer est à perpète, elles se mettent à courir vers le large, longtemps, longtemps… Puis, après une brève trempette, reviennent. « Tu vois Philippe, je fais comme toi, je sens plus mes pieds. » Le scénario est absurde, il ne se passe rien mais, pour la remercier, je lui propose, à l'occasion, de faire une petite vidéo avec elle. Charlotte, jeune femme aux talents multiples – comédienne, chanteuse, autrice et humoriste – est de celles qui dégainent vite et elle saute sur ma proposition.

C'est ainsi qu'est née en 2020 notre websérie qui file la patate tous les lundis matin. Son nom ? *Rencontres du troisième type*. Charlotte y campe mon agente, ingrate, odieuse, hautaine, maladroite, gaffeuse, qui n'y connaît rien au handicap et me malmène sans concession. Nous avons tourné une cinquantaine d'épisodes, certains diffusés sur la chaîne BFM. Le ton plaît car il est insolent souvent, cash parfois, mais surtout sans pathos. Parfois *too much* ? Dans l'un des épisodes, je regarde par terre en disant « Zut ». Charlotte arrive et s'exclame : « Oh putain, je n'ai pas sorti Philippe. La prochaine fois, je te mets une litière. » Au loin, on m'entend répondre : « Pas fait exprès. » Si cette vidéo a cartonné sur Twitter, elle a fait un flop avec le public plus « pro » de LinkedIn. Nous avions des projets avec le comité d'organisation des Jeux olympiques et paralympiques de Paris 2024, mais ce « dérapage » les a manifestement refroidis. On ne pourrait donc pas rire impunément du handicap ? J'aime pourtant cette irrévérence.

Le hashtag positif

Utilisés à bon escient, les réseaux sociaux peuvent avoir un impact positif sur nos vies, à condition d'user de précaution et de conserver notre capacité de recul et d'analyse. Ils offrent une fenêtre de tir pour alerter, dénoncer, sensibiliser et faire bouger les lignes. Ils sont nombreux, notamment en situation de handicap, à s'être fait un nom sur la Toile. Le média Handicap.fr a d'ailleurs lancé en mai 2022 le podcast *Influence-moi* afin de donner la parole à une douzaine d'entre eux, dont moi. Ils s'appellent Roro le costaud, le tétra casse-cou prêt à tout, ElsaMakeup, paraplégique, la reine des tutos beauté, Noholito, anxieux pathologique, influenceur drôle et touchant qui régale plus d'un million d'abonnés ou encore l'humoriste aveugle Lilia Benchabane qui se définit comme « handicapée méchante ». Avec une liberté de ton sans limites, ils partagent leur quotidien, leurs idéaux, leurs coups de cœur et de gueule. Les réseaux ont changé la donne en leur permettant de sortir de l'invisibilité.

Cela vaut pour d'autres « minorités », pour les victimes de discriminations. #BlackLivesMatter, #NousToutes, #BalanceTonPorc, #BodyPositive, #TesPasSolo… Certains hashtags deviennent une arme de sensibilisation massive. Quel meilleur exemple que #MeToo, ce mouvement mondial qui, diffusé dans plus de quatre-vingt-cinq pays, a encouragé la prise de parole des femmes victimes de violences sexistes et sexuelles ? Ou encore, en septembre 2022, la contestation des jeunes femmes iraniennes qui bravent la charia en ôtant leur voile au péril de leur vie.

Les urgences environnementales, la communauté LGBTQ+, la lutte contre la grossophobie ou la transphobie, l'égalité hommes-femmes, le harcèlement, y compris la jouissance négligée des femmes… De plus en plus d'instagrammeurs, blogueurs, youtubeurs et tiktokeurs déflorent des tabous qui autrefois faisaient rougir, et les réseaux se mettent au service des nouvelles formes d'engagement, notamment ceux de la génération Z. Faut-il y voir, sans se leurrer, un espace d'expression plus inclusif ? Ils prennent le risque de s'exposer, d'essuyer les critiques, de déplaire… Car la contrepartie, c'est aussi l'incompréhension, le mépris, la malveillance qui laminent parfois des vies. C'est la face sombre d'Internet.

Le diable dans nos écrans

Le diable se cache parfois dans nos écrans. Intimidation, complotisme, harcèlement, délations, cybercriminalité, désinformation, etc. Pour ceux qui en sont victimes, l'impact est sévère : isolement, radicalisation, anxiété, dépendance… Le web peut être assassin.

Certains, du fait de leur handicap, pourtant décomplexé, sont l'objet d'insultes, de moqueries, d'humiliations. Donwar, un jeune youtubeur IMC (infirme moteur cérébral), a décidé de compiler les messages laissés sous ses jeux vidéo : « Suicide-toi stp » ; « Faut te gazer » ; « Putin mais c'est qui le mongol qui fait que d'immité bobs [1] » ; « Il est défonce au crack ? ». De son côté, la youtubeuse Florence Porcel, attaquée sur son physique, décide de publier en 2016 une vidéo où elle révèle être atteinte d'une tumeur au cerveau. Son coup de gueule fait le tour de la Toile et atteint soixante-dix mille vues en quatre jours. Deux exemples parmi tant d'autres pour illustrer l'handiphobie ordinaire sur le Net. En 2020, un challenge lancé sur TikTok suscite de vives réactions ; le #autismchallenge consiste à parodier des personnes

1. Les fautes sont d'origine.

handicapées avec des visages grimaçants et une danse malhabile. Des voix se sont élevées pour dénoncer ces vidéos discriminantes. Selon la députée de Paris Laetitia Avia, elle-même victime d'un torrent d'hostilité pour le seul fait d'être noire, Internet est aujourd'hui le premier lieu d'expression de la haine ; cette avocate fut l'auteure, en 2019, d'une proposition de loi pour permettre de signaler facilement toute forme de haine en ligne et de mettre les réseaux sociaux face à leurs responsabilités.

Ce monde virtuel, sous couvert d'anonymat, autorise (encourage) toutes les lâchetés. Des anonymes planqués derrière leur clavier et leur pseudo laissent s'exprimer leur côté obscur. Dans ce jeu, c'est à qui blessera le plus fort. Comment se protéger ? Surtout ne pas répondre, se détacher, ne pas s'impliquer et relativiser. Si les *likers* ne sont pas de vrais amis dont on ne doit attendre aucune affection, les *haters* ne sont pas non plus de vrais ennemis dont il faudrait avoir peur.

C'est aussi l'estime de soi qui est en jeu, principalement chez les adolescents. Les selfies sont devenus des avatars qui vendent du rêve et de l'illusion. On se retouche, on se filtre, on se met en scène. De l'apparat et du mensonge, une pure mystification de la réalité, célébrant un monde où la perfection est la norme, alimenté par la philosophie des réseaux californiens *funny* et leur overdose de smileys. Mais parce qu'elle fait désormais partie intégrante du processus de construction identitaire, cette surexposition de soi entraîne une plus grande vulnérabilité face aux regards des autres, fragilisant le jeune adulte dans sa construction. Les filles sont en première ligne, manifestant des signes de mal-être, de dépression, de dépréciation, des troubles du sommeil. À l'occasion de rencontres dans le milieu associatif, il m'est arrivé d'en croiser certaines, terriblement fragilisées ; en termes d'image de soi, mon passif m'autorise à apporter des réponses à leur détresse. Je les encourage à construire leur identité via d'autres références, à regarder autour d'elles, dans la vraie vie, et à valoriser des qualités telles que l'empathie, l'engagement, la réussite scolaire. Le quinqua un peu *has been* parvient-il à convaincre ?

Il faut aussi avoir à l'esprit que si les internautes ont le plus souvent la mémoire courte, un buzz en chassant un autre, Internet est d'une permanence redoutable. Dans ses archives abyssales, rien de notre passé ne disparaît. Un sondage Microsoft montre que 70 % des employeurs ont déjà refusé des candidats après une recherche Google. Pas de droit à l'oubli !

Quant à celles et ceux qui font le *good buzz*, ils sont aussi parfois victimes de cette effusion éphémère. La gloire peut vite tourner à la déchéance. Les fidèles changent de hashtag, ils ont d'autres stars à aduler. Cette adoration ne dure que le temps d'un post, une drogue volatile, du vent ! Après la lumière, le néant. Alors, le remède pour survivre à ce tourbillon, c'est de ne pas trop se prendre au sérieux, d'utiliser les réseaux avec parcimonie et en toute modestie.

J'aurais pu céder au chant de ces sirènes, mais ma vie est au contact des gens faits de chair et d'os. J'ai besoin de palper leur émotion, d'éponger leurs larmes d'un revers de vanne et de les voir sourire en grand.

De l'actu à l'overdose

Au-delà de l'omniprésence des trolls (celui qui crée des ressentis négatifs), faux profils et *haters* en tous genres, qui polluent les espaces de communication, j'observe une propension collective à être accro aux *bad news*, faisant peser sur notre quotidien une atmosphère anxiogène…

Après les attentats du 13 novembre et notamment du Bataclan, une chape de plomb s'est abattue sur la France. Ce fut le cas après le massacre de *Charlie Hebdo*, après l'attentat du 13 juillet à Nice… Je reste scotché H24 devant mon poste, comme hypnotisé par les fumées d'un opium médiatique qui est en train de me dézinguer. Il a fallu que je me fasse violence pour éteindre ma télé et prendre une inspiration au grand air. Après cet élan d'empathie, une bouffée est revenue, salvatrice, urgente pour ne pas sombrer dans une agonie collective. Cette période m'a rappelé le 11 septembre et ces images « captivantes » diffusées en boucle durant des semaines, nous convainquant que nous étions aux portes de l'apocalypse.

L'histoire de l'humanité n'est pas épargnée par les tragédies collectives mais, avec l'apparition des chaînes d'infos en continu – en France, BFM TV est née en 2005 –, la violence se délivre en temps réel et l'effroi s'invite dans les foyers, que la tragédie soit proche ou lointaine. La planète se déchaîne, les hommes aussi… Rien de bien nouveau sur cette Terre qui s'agite et se blesse depuis la nuit des temps. Sauf qu'aujourd'hui tout se sait, tout se ressent, en temps réel… De la nausée à l'indifférence, on s'habitue à regarder les malheurs de ce monde comme une fiction où les vies perdues deviennent des statistiques macabres sans visage.

Pourquoi cette appétence ? Nous, les humains en quête de bonheur, serions-nous des voyeurs morbides ? Il existe même un terme, le *doomscrolling* (de *doom*, « désolation » et *scrolling*, « défiler »), qui désigne notre propension à consommer de manière compulsive ce qui nous choque, nous scandalise et nous rend triste, un besoin grandement renforcé depuis la pandémie. On parle aussi « d'infobésité ». Le philosophe Michel Serres évoque même un « Audimat de la mort », en observant que les nouvelles catastrophiques dominent dans les vingt premières minutes des journaux radio et télé. « *Good news is no news* » (une bonne nouvelle n'est pas une nouvelle), affirmait déjà Marshall McLuhan, le grand sociologue des médias, au début des années 1970. On sait que les médias s'adaptent aux goûts du public ; on annonce ce qui peut plaire.

Il paraît que cette « curiosité malsaine » est indissociable de la nature humaine ; nous aurions besoin d'avoir peur maladivement. Il existerait plusieurs explications, à commencer par la théorie de l'évolution qui veut que ceux qui ont conscience des périls sont mieux armés pour les éviter. Le cerveau reptilien en mode alerte pour assurer la survie de l'espèce ? Par ailleurs, le pessimisme aurait visiblement « bonne presse » ; des études ont en effet démontré que les individus qui laissent des commentaires défaitistes apparaissent plus « intelligents » que ceux s'exprimant de manière positive. Pour ces derniers, il existe même un néologisme : les « idioptimistes ». Ne parle-t-on pas aussi des « imbéciles heureux » ? À cela, l'écrivain Georges Bernanos a répondu : « La seule différence entre un optimiste et un pessimiste, c'est que le premier est un imbécile heureux et que le second est un imbécile triste. »

C'est ainsi que le lendemain, autour de la machine à café (la nouvelle version de la conversation de comptoir), on refait le monde en ruminant, surtout dans notre pays où il est de bon ton de se plaindre et de tout critiquer. Selon Gaël Brulé, sociologue spécialisé dans les sciences du bonheur, toutes les enquêtes d'opinion montrent que les Français sont plus heureux individuellement que collectivement. Un étrange « bonheur à la française » ! Je redoute cette contagion négative qui fausse notre représentation du monde et nourrit un fort sentiment d'insécurité. Je parle bien de « sentiment » car même lorsque nous ne sommes pas personnellement touchés, la menace nous infiltre. Hypocondrie médiatique, boulimie d'informations… Ce cercle vicieux pèse sur notre santé mentale, engendrant potentiellement des conduites d'évitement, des phobies, des troubles psychologiques (anxiété, agoraphobie, claustrophobie, phobie sociale, crises de panique, etc.). L'hyperconnexion à l'info entraîne un mal-être jusqu'à en faire un véritable enjeu de santé publique.

Une approche plus optimiste serait-elle, alors, un vilain défaut ? Je suis certain que non. Étrangement, plus le monde semble au bord du chaos, plus nous avons l'espoir de l'améliorer et d'être acteur de ce changement positif. C'est pourquoi je suis devenu partisan d'un phénomène en pleine expansion, la *digital detox* ou diète de l'info, surtout lorsqu'elle est « de masse ». Une opportunité pour augmenter sa pleine conscience, réduire le stress et se concentrer sur des interactions sociales plus riches ?

Parce que j'ai l'audace de penser que tout pourrait aller mieux, j'ai choisi mon camp, celui des imbéciles heureux.

Chapitre 11

I have dreams[1]

Les rêves ne meurent jamais

« Je vous souhaite des rêves à n'en plus finir. Et l'envie furieuse d'en réaliser quelques-uns. Je vous souhaite d'aimer ce qu'il faut aimer. Et d'oublier ce qu'il faut oublier. Je vous souhaite des passions, je vous souhaite des silences. » Une voix d'enfant dit les mots de Jacques Brel dans la bande-annonce des *Rêves ne meurent jamais.* Ce documentaire sorti fin 2021 retrace le parcours fabuleux de Yannick Bestaven, vainqueur du Vendée Globe 2020-2021. Il est réalisé par Sébastien Blémon qui, depuis son plus jeune âge, s'est toujours passionné pour celles et ceux qui réalisent leurs rêves, en essayant de comprendre ce qu'ils ont de plus ou de moins que les autres. Durant le confinement, il se met à écrire. De son côté, pendant que la planète est en captivité, Yannick

1. J'ai des rêves.

Bestaven vit son tour du monde à ciel ouvert. En 2008, sur le Vendée Globe, il avait démâté au bout de quarante-huit heures. Douze ans plus tard, le skipper reprend le départ. Son objectif n'est pas de gagner mais d'arriver à bon port, en solitaire, sans escale et sans assistance pour ce voyage au bout de soi. Finalement, les vents et le talent l'ont porté vers la victoire en 80 jours, 3 heures, 44 minutes et 46 secondes. Sébastien l'a suivi, jour après jour, à distance, glanant des vidéos tournées par le navigateur. « Et, en plus, il a gagné, ce couillon ! » s'est-il félicité. Il est aux Sables-d'Olonne le 28 janvier 2021 à 4 h 20 du matin pour embrasser son pote de vingt ans. Ce dernier lui lance : « Maintenant tu peux faire ton film ! » Tout est parti de là.

Ce film est enrichi de portraits de personnalités qui ont marqué la vie du réalisateur : l'acteur Daniel Auteuil passionné par la chanson, la navigatrice Isabelle Autissier, le footballeur Bixente Lizarazu, l'astronaute Thomas Pesquet, la véliplanchiste Charline Picon, l'écrivain Erik Orsenna… Je suis au casting de cette divine aventure. Lorsque Sébastien me l'a proposée, il y avait comme une évidence. Atypique, merveilleusement inspirant, ce long métrage fait l'apologie des hommes et des femmes qui ne renoncent à rien pour couvrir leur vie de paillettes. Ce ne sont pas toujours des exploits, ces rêves sont grandioses ou modestes, assumés ou secrets. Des rêves de gosse. Ou pas ! On y entend le mythique « *I have a dream* » de Martin Luther King. On se délecte de la poésie de Jacques Brel : « Un rêve fait la courte échelle à un autre. »

Un sondage Ipsos réalisé lors du confinement révèle que la moitié des Français ont le sentiment de « passer à côté de leur vie ». Alors, dans une période terriblement anxiogène, ce film espère refaire briller les yeux des enfants et de leurs parents. Yannick Bestaven explique que « pour gagner, il faut sortir de sa zone de confort, ne pas avoir peur de perdre, tenter des choses, qui ne passent pas à chaque fois. À force de s'obstiner dans les échecs et de tout donner, un nouveau jour finit par sourire… » Son « rêve éveillé », il le vit sur chaque course avec ses machines volantes, au point de remettre les voiles sur le prochain Vendée Globe, en 2024, espérant remporter cette course mythique une deuxième fois consécutive, ce qui ne s'est jamais fait.

Les rêves ne meurent jamais est parti en tournée, essaimant ses belles ondes dans toute la France. En avril 2022, Yannick et moi sommes invités à une avant-première à Châtelaillon-Plage, une jolie cité balnéaire de Charente-Maritime. Ce jour-là, la salle est comble, plus de cinq cents personnes. Yannick assure ne jamais s'être pris pour le meilleur, avoir beaucoup appris des autres et s'être inspiré de ses pairs, notamment de grands marins comme Titouan Lamazou avec lesquels il a navigué et appris. Il mentionne aussi l'obstination d'Yves Parlier qui, sur le Vendée Globe en 2001, longtemps en tête de la course, finit par démâter dans l'océan Indien. Plutôt que d'abandonner, il s'acharne à réparer son mât, seul, avec les moyens du bord, ce qui lui vaudra le surnom de MacGyver. Son entêtement paye puisqu'il parvient à rallier les Sables-d'Olonne en treizième position.

À mon tour, je m'adresse aux plus jeunes, nombreux dans le public, tentant de les convaincre de ne jamais rien lâcher, de se projeter très loin. Pendant qu'il naviguait, Yannick s'est connecté avec une classe pour partager son quotidien, heureux d'emmener la jeunesse dans son sillage. Depuis, des enfants l'arrêtent parfois dans la rue pour lui dire qu'ils aimeraient suivre sa route. Nous avons en commun le désir puissant de motiver et d'éveiller.

Dans la salle, les yeux peinent à sécher. Peut-être cet éclat ne durera-t-il qu'une seconde. Peut-être le train-train fera-t-il retomber ce soufflé. Mais je m'accroche à l'espoir qu'un rêve s'est niché dans chaque esprit. Ces spectateurs ne sont pas là par hasard, ils ont déjà fait une part du chemin, regardant plus loin vers l'horizon. Si la métamorphose n'est pas immédiate, une graine est plantée. Il faut lui laisser le temps de germer.

J'en veux pour preuve la rencontre, ce jour-là, avec Sidonie, qui m'avait déjà vu lors d'une précédente conférence. Touchée en plein cœur par mon parcours, elle me raconte à son tour son histoire… Parce qu'elle traverse une longue dépression, Sidonie a de grandes difficultés à sortir de chez elle. Et puis, un jour, elle ressent l'envie d'aller marcher, sans but, pour affronter ses peurs. Elle déambule dans une rue et, tout à coup, se sent attirée vers une maison, comme hors de contrôle. Sur la boîte aux lettres, est écrit un nom : Croizon ! Elle n'a pas sonné chez moi mais a vu dans ce « hasard » un message fort, comme si je l'avais guidée. Elle me raconte que, depuis, elle s'affranchit peu à peu de son anxiété. Mes exploits hors norme ne l'empêchent pas d'avancer, au contraire, elle trouve des réponses à sa mesure, à petits pas. Elle m'avoue, enfin, se sentir très seule et être sensible au fait que j'ai puisé ma force chez les autres. Elle me promet de chercher à son tour ce soutien.

D'une manière générale, les festivals de film d'aventures réunissent ceux qui ont des petits vélos qui tournent à l'envers dans leur cerveau. Des êtres décalés, qui n'entrent dans aucune case, souvent victimes de l'incompréhension de ceux qui pédalent dans le bon sens. Dans la salle, le public n'est pas forcément initié mais vient y puiser cette vitalité inspirante. Ce voyage sur grand écran peut déclencher un premier élan. Chacun repart avec des songes à sa portée. Je recommande vraiment à tous ceux qui ont une petite baisse de moral de se rendre dans ce genre d'événements et de s'emparer de ces bonnes ondes qui continuent à diffuser longtemps…

Pourtant, ceux qui imaginent un autre monde se font souvent dézinguer. C'est le cas de Greta Thunberg, jeune militante écologique. Lors de ses premières prises de parole, elle a bluffé la planète. Et puis, au fil du temps, les critiques sont devenues une entreprise de démolition bien orchestrée, ses détracteurs se focalisant sur ses contradictions : « Elle se rend à New York en voilier pour promouvoir son trajet écolo mais son équipe la rejoint en avion. » Sans parler des caricatures cinglantes sur son présumé autisme. Alors qu'elle mérite d'être portée aux nues, certains lobbies ont fait d'elle la femme à abattre. C'est moche ! Cette « gamine », unique en son genre, réveille la jeunesse. Dans son ombre, d'autres tempéraments atypiques ne bénéficient d'aucune notoriété, leur enthousiasme restant désespérément confidentiel. Pour autant ils existent et finiront par se faire entendre, je l'espère.

J'aime ces affranchis qui apportent un souffle frais à l'humanité. Parfois, ils me le rendent bien…

Une contagion d'optimisme

Un jour, je suis contacté par Thierry Saussez, monsieur 100 % « optimiste ». Il est l'auteur du *Manifeste pour l'optimisme*, des *101 mots de l'optimisme* et des *50 bonnes raisons de choisir l'optimisme*. Il est aussi le créateur du Printemps de l'optimisme, qui s'étire sur toute une saison avec pour mission de répandre des « énergies positives », le nom qu'il a d'ailleurs donné à son festival. Visiblement, je suis de ceux qui ont déclaré la guerre à la morosité puisqu'il me propose, en 2014, d'être le parrain de la première édition de cet événement. Sans trop savoir à quoi m'attendre, j'accepte et cherche illico le mot « optimisme » dans le dictionnaire : « Tournure d'esprit qui dispose à prendre les choses du bon côté, en négligeant leurs aspects fâcheux. Sentiment de confiance dans l'issue d'une situation ». Je colle parfaitement à la définition.

Dans mon discours d'ouverture, j'interroge : « Nous les optimistes, sommes-nous de grands "malades", heureux de nous retrouver pour parler de cette grande et belle pathologie que l'on espère terriblement contagieuse ? » J'observe des sourires qui disent l'envie d'y croire. C'est ainsi que je suis devenu également membre de la Ligue des optimistes de France ; cette poignée d'illuminés a créé un pays, l'Optimistan, annexé par les Belges, dont la musique constitue l'unique langue officielle et qui délivre un passeport à chacun de ses citoyens. Cette communauté, à la fois follement excentrique et totalement en phase avec la réalité, me fait chavirer. Il y a parmi ses membres des profils très sérieux (ou pas !), les chefs d'entreprise côtoyant les adeptes du yoga du rire. Tous ont la conviction de pouvoir faire bouger les lignes, sans jamais donner aucune leçon mais en faisant passer des idées sérieuses avec un peu de légèreté.

Surfant sur cette vague qui met un peu de félicité dans mon existence, je participe en 2017 au deuxième Congrès international de la méthode Coué. Pour la plupart d'entre nous, Coué c'est : « Je vais bien, tout va bien. » Pas seulement. C'est aussi croire en soi, briser les frontières, se donner l'envie et les moyens en mettant son mental dans une dynamique positive. Certaines hypothèses assurent que « voir la vie du bon côté » serait bon pour la santé en réduisant notamment le taux de cholestérol et en maintenant le cœur en bon état, favorisant donc une espérance de vie plus longue.

Cette *feel good attitude* foisonne dans le monde mais aussi en France. La première édition des « Rendez-vous en terre optimiste » fait sourire Bordeaux en juillet 2022 et l'Université hommes-entreprises sur le thème de l'audace est organisée un mois plus tard tandis que le Conscious festival sur l'écologie optimiste déferle en septembre à Paris. Citons encore le Joy Fest et le Festival du film optimistes attitudes. Les médias n'échappent pas à cette contagion : L'Optimisme et Le Média positif voient le jour. Ce dernier, né de l'atmosphère suffocante du confinement, s'est donné pour mission d'étaler au grand jour les actus les plus réjouissantes, prenant le contre-pied des médias traditionnels abonnés aux nouvelles affligeantes.

Toutes ces initiatives s'inspirent-elles de Jigme Singye Wangchuck ? En 1972, ce jeune roi (tout juste 16 ans) du Bhoutan, un petit pays niché au cœur de l'Himalaya, propose très sérieusement de mesurer le Bonheur national brut (BNB) plutôt que la richesse. Cette idée, pas si saugrenue, a depuis fait des émules. En 2011, l'OCDE (Organisation de coopération et de développement économiques) invente le principe du Bonheur intérieur brut qui, à partir de onze thématiques (logement, emploi, santé, sécurité, éducation, environnement, etc.), effectue un classement des pays où il fait bon vivre. De son côté, l'ONU missionne des chercheurs pour établir chaque année un rapport mondial du bonheur selon des critères similaires. Quant au gouvernement néo-zélandais, il présente son premier budget « bien-être » en 2020.

Dans le même esprit, la journée mondiale des rêveurs a lieu (officieusement) chaque année le 25 septembre. Depuis sa création en 2012 par Ozioma Egwuonwu, conférencière spécialisée dans le développement et l'activation du potentiel humain, elle mobiliserait plus de 70 millions de personnes à travers le monde avec l'objectif d'encourager les esprits visionnaires et les démarches inspirantes. En France, elle est portée par un collectif de personnalités et d'entreprises. Les organisateurs de la première édition française m'ont invité, en 2021, à en être le parrain, flambeau repris l'année suivante par le nageur Alain Bernard. Tous rêvent que les Nations unies, qui gèrent les journées mondiales, l'inscrivent maintenant sur leur liste officielle.

Gare au gourou !

Attention, il ne s'agit pas d'imposer un optimisme forcené et une utopie béate, insouciante et aveugle. Ces initiatives ne sont qu'un antidote malicieux à la sinistrose. Mais, dans un monde submergé d'incertitudes et de tempêtes, d'autres ont flairé l'aubaine et monnayent la quête du bien-être en promettant d'effacer toute forme de contraintes, d'inquiétude, de souffrances, d'effort ou d'échec. Ces nouveaux marchands de bonheur véhiculent dans les esprits la dictature d'un monde radieux et d'une vie parfaite. *No pain* ? Quelle chimère !

Cette obsession contemporaine est propice aux charlatans. L'été dernier, je suis tombé sur un documentaire d'Arte qui dénonce ce « business du bonheur ». Une génération spontanée de coaches de vie, mentors, préparateurs mentaux, guérisseurs et autres gourous a vu le jour, promettant de booster le karma à coups de concepts universels et d'évidences, le tout savamment packagé. Le filon est en béton. En or ? Le marché du développement personnel pèse des milliards via la vente de services, thérapies, cours en ligne et produits qui promettent une transformation émotionnelle... et même physique. La manne va crescendo depuis la crise sanitaire qui a considérablement affecté le moral des populations. Pas un jour sans qu'une étude soit publiée sur la santé mentale du monde. C'est un carnage.

Abondamment relayée par les innombrables faisceaux d'information, cette détresse fait le lit des « sauveurs ». Les fidèles dans les ténèbres vont alors chercher secours auprès d'un apôtre charismatique qui leur promet la lumière, le Graal, quitte à les mener sur le chemin de l'illusion ou de l'endettement. Sans en faire une généralité, dans cette manne du développement personnel, il y a alors à boire, à manger et à vomir... Comment séparer le bon grain de l'ivraie, et ne pas perdre son moral, son temps et son argent ? C'est souvent le montant de la facture qui fait la différence et doit mettre en alerte. Une amie me racontait qu'elle avait emprunté 3 000 euros pour un « psycho show » de trois jours avec un « coach » venu du Canada. À ce tarif VIP, place au premier rang et photo avec l'élu ! Avec deux mille fidèles, c'est jackpot ! Et lorsqu'un best-seller américain promet de *Changer de vie en sept jours*, méfions-nous !

Chapitre 12

Rire et écrire, mes thérapies

La revanche d'un cancre !

L'écriture, une précieuse thérapie ? Jamais je n'y aurais songé car, dans ce domaine aussi, je reviens de très loin. Très vite après mon accident, j'ai ressenti le besoin d'écrire, ou plutôt de « parler » car, en l'absence de mains, difficile de taper sur un clavier. Pour Noël, mes parents m'offrent un outil de reconnaissance vocale. À cette époque, la technologie n'en est qu'à ses balbutiements, très loin de l'hyper-sophistication actuelle, mais m'apporte tout de même la délivrance. Je dicte ma vie, sans but, pour passer le temps et conserver le souvenir de cette époque tourmentée. Dans mon quotidien d'un ennui profond, ce petit jeu occupe mon esprit et mes journées sans fin. Trouver un pis-aller pour ne pas me flinguer !

La « littérature » et moi, c'est une histoire qui avait très mal commencé… À l'école, ma seule compétence est d'alimenter le poêle à fuel, le bidon posé à côté de ma chaise. Je m'applique à la tâche pour que les copains ne grelottent jamais de froid. Pour le reste, je suis un cancre qu'on a même qualifié d'« attardé ». En d'autres temps, on ne parlait pas de « troubles des apprentissages ou dys », ceux de mon « espèce » étaient catalogués sans nuance ni ménagement, relégués au dernier rang sans espoir d'une quelconque « pédagogie différenciée » ; aux concepts savants, on préférait une humiliation bon enfant. En primaire, on décide donc de m'éjecter du système pour me coller dans une classe adaptée où, fort heureusement, on exige de moi le minimum. De toute façon, rien ne rentre : hors de ces murs, je suis pourtant un petit garçon vif, doté d'une intelligence malicieuse.

C'est à mon arrivée au collège, lorsque j'intègre la classe dite pour « débiles », qu'il me faut pour la première fois mettre un œuvre une stratégie d'adaptation et concevoir mes propres systèmes D. J'ai réinvesti par la suite cette tactique dans le milieu professionnel. Je porte toujours sur moi un petit cahier dans lequel je note tous les faits de la journée, les noms de mes collègues, les mots un peu compliqués. Cela me permet, lorsque je dois faire un rapport devant mes supérieurs, de limiter mes fautes et de dissimuler mes lacunes. Je sais lire mais avec de grandes difficultés, saucissonnant les phrases mot par mot pour en comprendre le sens. Cette terrible honte, je la dissimule. Personne ne s'est ainsi rendu compte que j'étais, il faut bien l'avouer, illettré.

On estime à sept millions le nombre de Français avec des troubles dys (dyslexie, dyspraxie, dysphasie, dysgraphie, dysorthographie, etc.), soit près d'un sur dix. Reconnus seulement depuis la loi handicap de 2005, ils sont la conséquence de troubles cognitifs neurodéveloppementaux qui affectent le quotidien dès les premiers apprentissages et persistent toute la vie. Celle qu'on appelle poétiquement « constellation dys » est un véritable handicap – je suis un cumulard ! –, cette fois-ci bien invisible. Qu'y puis-je ? Je suis le dommage collatéral d'un système scolaire équipé d'œillères, un « bon à rien » sacrifié par la méconnaissance et le dédain des institutions. Pour tenter de combler mes lacunes, je ne peux compter que sur moi-même. Je me mets alors à lire, avidement, en solo. Le journal, chaque matin. Puis des livres sans grande complexité. Je ne deviendrai jamais un « foudre de lettres » mais, peu à peu, cet acharnement me permet de m'affranchir de ce complexe envahissant. Il m'aura pourtant fallu attendre presque cinquante ans pour faire mon coming out. Aujourd'hui, j'en parle librement, espérant sensibiliser et, surtout, déculpabiliser les personnes concernées.

En dépit de progrès manifestes, lire me fatigue, m'use. Il arrive très souvent que des personnes, notamment handicapées, m'envoient leur manuscrit, l'œuvre de leur vie. On me demande mon avis, un conseil, l'adresse d'un éditeur bien souvent. Comment décliner sans froisser, comment faire comprendre que la lecture de tant de pages est un embarras ? D'autant que le multi dys que je suis a d'autres « tares » associées, notamment une grande difficulté à mémoriser, surtout depuis mon accident. Lorsque je commence un livre, au bout de la cinquième page j'ai oublié la première. Durant presque six ans, j'ai animé une chronique du *Magazine de la santé*, sur France 5, aux côtés de Marina Carrère d'Encausse et de Michel Cymes. L'expérience fut excitante mais l'exercice épuisant. Pour quelqu'un d'aussi spontané que moi, qui parle avec ses tripes, devoir apprendre un texte par cœur est un calvaire. Avant chaque enregistrement, j'étais ravagé par l'angoisse.

Pour parler franc, en matière de compétences littéraires, je pars donc sur des bases bien pourries. Et pourtant…

J'apprends à sympathiser avec mon « dictaphone retranscripteur de parole ». Alors que je vis désormais seul avec mes deux garçons, je souhaite leur laisser une trace de mon accident puis de ma métamorphose. Le mutisme familial n'a, en son temps, pas permis de dire les choses ; or je veux qu'ils comprennent et se souviennent…

Alors j'entame mon labeur, patiemment, chronologiquement. La synthèse vocale noircit la page blanche, parfois n'importe comment, en phonétique. « Tu es dans le jardin », devient « Tuée dans le jardin ». Comme la lecture n'est pas mon fort, je me félicite du résultat et, tout fier, le soumets à un ami : « Mais c'est une vraie m… ton truc, je n'y comprends rien. » OK, techniquement, c'est le bordel mais je m'obstine. Les jours deviennent des semaines, des mois, mon histoire s'étoffe. Mais ma parole ne suffit plus, il me faut maintenant interroger ceux qui ont traversé cette épreuve à mes côtés. En premier lieu, « j'inflige » cet exercice à mes parents mais la confidence les bouscule plus qu'ils ne sont capables de l'encaisser. Leurs souvenirs resteront secrets. Mon frère est plus loquace. Je retrouve également le pilote d'hélicoptère qui, lors de mon transfert vers l'hôpital de Tours, m'a maintenu en vie grâce à ses mots bienveillants, puis le médecin urgentiste, d'autres soignants aussi. Je veux savoir comment ils ont vécu ce moment. J'écoute, je revis, je pleure. Leur témoignage est une « effroyable » thérapie, dévoilant des moments dont le coma m'a privé. J'entends pour la première fois le hurlement de détresse de ma mère qui se précipite vers l'ambulance ; ce sont les gendarmes qui me l'ont raconté. Le récit le plus bouleversant est celui de mon fils aîné, Jérémy, qui a tout vu de l'accident. Je lui donne carte blanche : il se libère, vomissant avec les mots d'un enfant de 7 ans ce traumatisme insensé. Un uppercut dans mon cœur.

Lorsque le souvenir est trop violent, je pose l'ouvrage et le remets à plus tard. S'il est parfois perturbant, je prends peu à peu conscience que ce processus me permet d'évacuer. Qui aurait pu convaincre l'enfant analphabète que l'écriture serait un jour son exutoire ? Écrire peut sauver. J'en suis maintenant persuadé.

J'ai mis quatre ans pour achever mon manuscrit. Je le fais lire à mes proches. Si l'expérience semble salvatrice pour soi-même, elle peut l'être pour d'autres : le conjoint, l'enfant, l'ami, le parent, le collègue... J'ai écrit ce que je n'ai jamais osé dire. Ce que la voix peine à énoncer, la main y parvient avec plus de facilité. Dans la solitude de l'écriture, il n'y a pas de regard, moins de ressentiment. Contrairement à la parole, spontanée, parfois brute, les mots peuvent être effacés, tempérés, adoucis. J'ai livré à ceux que j'aimais le message suivant : « Voilà mon émotion, ma réalité. Maintenant à vous d'en faire ce que vous voulez, à vous de revenir vers moi. Ou pas. Relisez, digérez, mûrissez. » Ceux qui m'ont lu ont pris ce temps, en tête à tête avec notre souffrance collective, cette fois-ci à distance. Si ma mère n'a pas pu témoigner, je pense qu'elle a été soulagée de me lire. Mon père, je n'en sais rien.

On m'encourage à publier. Réticent au début, je me laisse convaincre. Mais encore faut-il en faire un produit littéraire digne de ce nom. Alors je retravaille, reformule, embellis. Encore et encore, jamais satisfait. Jusqu'au jour où mes proches, las de mes caprices de prix Nobel, s'emparent de mon manuscrit. Son titre est une évidence : *J'ai décidé de vivre*. Le livre est publié à compte d'auteur, c'est-à-dire à mes frais, sans espoir d'en tirer le moindre profit. Mais je peux maintenant l'offrir à ceux qui m'ont aidé.

Jusqu'au jour où il tombe entre les mains d'un journaliste local, ce qui contribuera à une diffusion plus large dans mon département. Mon parcours intrigue, d'abord les voisins, les gens du village, curieux d'en apprendre plus sur cet énergumène. Peu de temps après, je reçois un appel : « Bonjour, je suis Frédéric Potet, journaliste au *Monde*. J'ai lu la presse régionale. Je voudrais venir chez vous pendant deux jours pour que vous me racontiez votre histoire. » Il m'accorde une page complète dans l'édition nationale ! La machine est lancée. Les premiers éditeurs me contactent, et c'est finalement avec Jean-Claude Gawsewitch, des éditions du même nom, que je vais signer. Voici comment, le 21 septembre 2006, l'illettré est devenu « auteur », sans se prétendre pour autant écrivain. Du fait maison, sincèrement et sans faux-semblant, sans « nègre » ni prête-nom, qui, me l'a-t-on dit, touche au cœur. Ces confidences que je réservais à mes enfants ont finalement été livrées à tous...

Au risque de me répéter : « Tout est possible ! » La route n'est jamais tracée, même pour un cancre privé de ses mains. Le livre s'est bien vendu dans les pays francophones et m'a donc apporté une appréciable notoriété. Pour assurer la promo, on m'invite sur les plateaux télé, les ondes radio, avec des échos positifs et des critiques, y compris des éditorialistes des plus incisifs. Mon éditeur sort un bon mot pour l'occasion : « C'est la première fois que je lis une histoire aussi... électrisante. » Je n'ai pas encore traversé la Manche, on parle juste d'un mec qui a eu un spectaculaire accident. Ma première émission s'appelle d'ailleurs :

Incroyable mais vrai. Cette reconnaissance a certainement nourri mes projets ultérieurs et ma confiance en moi. J'ai pris conscience que mon parcours pouvait interpeller et que j'avais des choses à partager. Je n'ai jamais ressenti le besoin de l'envoyer à ces professeurs qui m'avaient tant méprisé.

Depuis le confinement, à la fois une pause propice à l'écriture et un chamboulement inédit, beaucoup d'inconnus blessés par la vie ont manifesté le désir de témoigner, au point que les éditeurs se disent submergés. Leur manuscrit ne sera probablement pas édité car la concurrence est particulièrement rude, mais ils en conserveront un bénéfice très personnel. Coucher ses blessures, ses rancœurs, ses peines, ses doutes sur le papier peut apporter des bienfaits insoupçonnés et parfois ouvrir la porte de la guérison. « Des mots pour apaiser les maux », la formule est maintes fois usitée mais ce serait pourtant une réalité. Différentes études ont montré que l'écriture pouvait avoir une influence réelle sur la souffrance physique, permettant à ceux qui l'expriment par écrit d'aller mieux et de prendre moins de médicaments. D'autres vantent ses vertus permettant d'ordonner ce qu'on a dans la tête et dans le cœur et d'apaiser le bavardage mental. Un livre, un journal intime, une lettre, un billet d'humeur, un poème, un mail… Peu importe le format et la longueur. Il faut, avec de l'encre, inscrire ses pensées noir sur blanc, laisser une trace indélébile. Et pour ceux qui ont des rêves, c'est un premier pas pour les matérialiser et commencer à les réaliser.

J'ai mesuré davantage ce pouvoir libérateur lorsque Suzana publie, en 2019, sa propre biographie au titre sans équivoque : *Ma vie pour deux*. Elle y exprime la dureté du rôle d'aidant, y dénonce certains de mes comportements. Elle, la femme silencieuse et dévouée, celle qui n'avait jamais vraiment parlé, s'est libérée. Sans ce livre, je n'aurais probablement jamais soupçonné ni compris. Il m'a offert l'occasion de lui demander pardon. D'autres l'ont fait aussi, à commencer par mes parents, parce que personne n'imaginait à quel point elle s'était engagée, reniée, absentée de sa propre vie, parfois de celle de ses trois jeunes filles pour se consacrer entièrement à ma folle obsession. L'impact de sa confession a été positif, pour elle d'abord mais aussi parce que tous ont enfin compris que la Manche n'était pas ma victoire mais la nôtre. Sans Suzana, je n'étais rien. Il a fallu un écrit pour admettre ce qui n'avait jamais été dit.

Après *J'ai décidé de vivre*, j'ai voulu mettre en pages mes défis. D'autres ont suivi : *J'ai traversé la Manche à la nage*, *Plus fort la vie* qui retrace la nage au fil des Cinq continents ou encore *Pas de bras pas de chocolat*, un caprice humoristique. Car l'écriture n'est pas ma seule thérapie…

Des larmes au rire

Un jour, au parc du Puy du Fou, un petit garçon dit à son frère : « T'as vu, le monsieur, il a pas de jambes ! » Et puis de nouveau : « T'as vu, le monsieur, il a pas de bras ! » Son frère se retourne, me dévisage furtivement et dit : « Pfff, n'importe quoi, il a pas de cheveux ! » On peut rire de tout, même de moi ! Même du pire.

L'humour fut mon remède anti-blues post-accident, le pilier sur lequel je me suis appuyé pour surmonter les moments les plus sombres. Au même titre que mes proches et le sport, il est devenu mon arme fatale, une « arme de reconstruction massive ».

Enfant, j'avais déjà ce tempérament jovial, appréciant d'amuser la galerie, me déguisant avec la complicité de ma maman, improvisant des spectacles et racontant des blagues dans un registre inépuisable. Adulte, je suis resté le bout-en-train, toujours un sourire et le bon mot à la bouche. Mais à ce temps où j'aimais me fendre la poire succéda un autre à fendre l'âme. J'ai pourtant conservé ce tempérament, et après avoir séché mes larmes, j'ai décidé de rire à en pleurer.

Lorsque je sens le conflit monter, je balance une vanne pour apaiser les tensions. L'humour est également devenu un excellent mécanisme de défense. Lorsque vous êtes un personnage public, on vous filme parfois à votre insu, on vous affiche sur les réseaux sociaux sans consentement. Si voir ainsi son intimité « capturée » est rageant, ces nouveaux usages invitent cependant à la prudence. Il suffit d'une insulte, évidemment sortie du contexte, pour qu'une réputation vole en éclats. Voilà comment le mec jovial est en réalité un gros enf… qui s'en prend aux gens !

Plutôt que de me fâcher très fort, j'opte pour un autre registre nettement plus inoffensif, la repartie bien piquante.

Mon panel d'usages est vaste. Il y a l'humour cache-colère comme évoqué mais aussi l'humour-mascarade pour masquer une souffrance ou encore l'humour anti-malaise lorsque les personnes restent interloquées devant mon handicap... Et puis il y a l'humour-spectacle. Lorsque j'ai commencé à donner des conférences après la sortie de mon premier livre, je n'étais connu de personne. En montant sur scène, je découvrais des salariés en panique : « Oh, purée, la purge, le piège ! Merci patron, sympa la soirée ! » La mission était donc de les dérider fissa. En moins de trente secondes, ils étaient rassurés et chauds pour la suite : « Voilà, vous avez oublié que je suis une personne handicapée. Vous avez rencontré Philippe. » Dans le pathos, mon discours est trop indigeste, trop éprouvant, je les perds. Il leur faut aussi des respirations et des éclats. On pleure, on rigole, on pleure, on rigole... C'est grâce à cet ascenseur émotionnel que le message, fort et touchant, peut passer.

Pas de bras, pas de chocolat !

J'ai voulu aller plus loin avec l'humoriste Jérémy Ferrari que j'ai rencontré sur le plateau d'une émission totalement irrévérencieuse de Laurent Ruquier, *Handicap, Handi... pas cap*. Dans un sketch, Jérémy me met au défi d'attraper… une tablette de chocolat ! J'échoue, évidemment. Notre rencontre a matché et nous avons travaillé durant des mois sur un projet de one-man-show. « Je me voyais déjà en haut de l'affiche… » Et puis les choses ont traîné. Mon stand-up est resté *down*. Mais le chocolat m'a inspiré…

J'ai compulsé toutes les pépites de ma vie dans un livre paru en 2017, *Pas de bras pas de chocolat ! On peut rire de tout* : 256 pages qui mettent du baume au cœur et, levant certains tabous, obligent à voir le handicap autrement. Une excellente formule pour dérouiller les zygomatiques ! J'y ai rassemblé ces bouffées de bonheur qui m'ont empêché de sombrer, des anecdotes parfois brutes, souvent intimes, qui offrent de jolis sourires. Le tout est agrémenté de gaffes réelles, de blagounettes 100 % handicap et autres messages pertinents et décalés glanés sur les réseaux sociaux. Je ris de moi, beaucoup, du handicap un peu. J'appuie là où ça fait mal mais toujours avec la banane.

Quelques morceaux choisis :

• « Pas de bras, pas de chocolat. Pas de pieds, sanction annulée ! », réplique de mes parents.

• « Pour la traversée des Cinq continents, j'emmène un valide. Parce que le requin quand il va voir un mec à moitié bouffé et un mec complet, j'espère qu'il va bouffer le mec complet », moi-même dans *On va s'gêner*, sur Europe 1.

• « Si ça se trouve, Philippe Croizon a acheté un truc tellement au-dessus de ses moyens que ça lui a coûté deux bras ! », anonyme.

Dans mon centre de rééducation, la dérision était omniprésente. C'est aussi ce que décrit le film *Patients* qui retrace le parcours de soins du slameur et poète Grand Corps Malade, tétraplégique à la suite d'un accident de plongeon à l'âge de 20 ans. Il évoque avec une légèreté rafraîchissante un quotidien pourtant fait de combats perdus d'avance, de silences, d'intimité bafouée où il faut « niquer des heures » pour passer le temps. Il explique que, dans les moments de galère, il avait besoin de se marrer, que cette année fut la plus difficile de sa vie mais qu'il en garde de bons souvenirs grâce à ses potes avec lesquels il a beaucoup déconné. Le centre, c'est l'école de l'humour – noir forcément –, l'endroit où, entre camarades de souffrance, tout est permis, les anciens étant là pour dérouler ce tapis. C'est par exemple le copain maltraité sur sa table de rééducation devant ses pairs hilares. Grand Corps Malade évoque un « humour handicapé », plus « trash et cynique », qui permet de braver l'infortune commune.

Mais cette liberté n'est souvent concevable qu'entre soi, et je déplore qu'on fasse, de plus en plus, un mauvais procès aux humoristes pour une boutade trop venimeuse. Patrick Timsit en a fait les frais après un dérapage sur les personnes trisomiques : « C'est comme les crevettes roses, tout est bon, sauf la tête. » Échaudé après s'être retrouvé devant un tribunal, il a intitulé son spectacle suivant : *On ne peut pas rire de tout.* Il y a une exception qui maintient une maigre tolérance, lorsque l'humoriste est lui-même concerné.

Guillaume Bats, atteint de la maladie des os de verre, et Krystoff Fluder, personne de petite taille, s'en donnent à cœur joie, parfois épouvantablement détestables envers eux-mêmes. C'est également le fonds de commerce de la série à succès *Vestiaires* diffusée sur France 2, à laquelle j'ai eu le plaisir de participer. Imaginée par Adda Abdelli et Fabrice Chanu, tous deux en situation de handicap, elle suit les tribulations d'une bande de handi-nageurs complètement déjantés qui se baladent en slip et se tirent la bourre dans les vestiaires d'une piscine. Ce n'était pas gagné, mais cette irrévérence à outrance s'est pourtant imposée dans l'Audimat. Douze ans de lutte contre les préjugés, une rare longévité !

L'humour, *no limit*, vraiment ? Sur les réseaux sociaux, notamment chez les plus jeunes, il vire parfois au lynchage. Pour accumuler des *likes*, certains sont prêts à tout, jusqu'à confondre dérision et vexation. Lorsque je m'adresse aux collégiens et lycéens, les vannes que je fais d'ordinaire avec les adultes ne fonctionnent absolument pas. Un exemple : « Lorsque j'ai eu mon accident, on appelle les pompiers bénévoles. Et, quand ils arrivent, voyant le carnage, leur premier réflexe, c'est… d'appeler les pompiers ! » Un flop, trop gentillet. Ce qu'ils attendent, c'est du trash… Un jour, lors d'une conférence, un ado me demande comment ça se passe sexuellement pour moi. C'est visiblement le cador de la classe, très fier de son insolence ; si la question a du sens, la façon dont elle est posée est irrespectueuse. M'ayant un peu chauffé, je lui réponds du tac au tac : « Demande à ta mère si elle s'en souvient ! » J'admets que ce n'était pas très fin mais la repartie a fait mouche. Le gamin s'est assis, scotché sur place. Suffisamment cinglant pour que tous éclatent de rire ; j'ai blessé un des leurs en mode *battle*. Au diable l'élégance, c'est l'outrage qui l'emporte.

Rire sur ordonnance !

Si j'étais ministre de la Santé, je prescrirais le rire sur ordonnance ! On reconnaît ses bienfaits au niveau physiologique, puisqu'il agit, entre autres, sur le système musculaire et squelettique en contractant les muscles du visage et de la ceinture abdominale. Ajoutons à cela des vertus sur l'ensemble des systèmes cardio-vasculaire, endocrinien et nerveux, permettant de diminuer la pression artérielle, de stabiliser le rythme cardiaque et d'améliorer l'oxygénation en augmentant la quantité d'air ventilée. On prétend même qu'il favorise la production de globules blancs (leucocytes), ces cellules indispensables au bon fonctionnement du système immunitaire. Il aurait également des effets sur le sommeil et la digestion, les troubles de l'humeur, les addictions, etc. Des études ont par ailleurs démontré qu'il accroît le seuil de tolérance à la douleur. Enfin, c'est un précieux antistress qui inhibe les tensions et augmente drastiquement notre proportion d'endorphines, l'hormone du bonheur, tout en réduisant la quantité de cortisol, l'hormone du stress. Seul risque majeur pour la santé : se décrocher la mâchoire !

L'impact est également favorable sur le plan psychologique puisqu'il permet de transcender des réalités parfois douloureuses. Il existe aujourd'hui des thérapies par le rire, de l'autodérision psychothérapeutique. Qui mieux que le pape de la résilience pour en parler ? Boris Cyrulnik, neuropsychiatre, qui m'a offert le privilège de préfacer mon livre *Plus fort la vie*, considère depuis bien longtemps l'humour comme un mécanisme fort de défense permettant de prendre du recul, de s'affranchir du désespoir et de rebondir. Il est, selon lui, un outil pour dépasser certains événements difficiles, voire traumatiques, en leur proposant une autre interprétation, celle qui prête à rire. À ce titre, en 2022, il s'est vu décerner le Prix d'humour de résilience pour son ouvrage *Mais où est passé l'humour ?*.

Pour toutes ces raisons, le rire est maintenant intégré à certains parcours de soins, notamment auprès d'enfants hospitalisés. Avec leur nez rouge, leur robe à fleurs et leurs chaussures grotesques, ces « clowns-docteurs » arpentent les couloirs des hôpitaux. Sans ambition thérapeutique, cette démarche ludique apporte de la joie mais permettrait également aux patients de mieux adhérer à leur traitement. J'ai en tête l'histoire d'une vieille dame qui remplaçait tous les noms par le mot « casserole ». Personne ne s'autorisait à entrer dans sa névrose, personne à part le clown qui arrive et se met à lui parler de casseroles en veux-tu, en voilà. Une fantaisie qui ne guérit pas mais apaise.

Parfois le rire devient « fou », par exemple lors de séances de yoga du rire, libérant une hilarité contagieuse… Il est sans aucun doute l'émotion la plus universelle qui soit, au-delà de notre propre humanité puisqu'on sait aujourd'hui que les singes sont capables de se « bidonner ». Une « drogue » à consommer sans modération. Alors usons, abusons ! Même lorsque le monde déraille ?

Chapitre 13

La peur n'évite pas de changer

Arrête-moi si tu peux !

Pour moi, l'hyperactif sur les routes à longueur d'année, transbahuté de train en avion, le couperet est tombé le 16 mars 2020. Comme pour 67 millions de mes compatriotes. La France, bientôt la planète, à l'arrêt. Confinement ! Dans un premier temps, je me dis : « Alléluia ! » J'ai un peu trop tiré sur la corde ces derniers temps, et ce mode pause est un soulagement. Quinze jours de répit, courte aubaine. À l'époque, personne ne se doutait…

Suzana, elle, est en panique. Dans son regard, je devine : « Comment je vais gérer le colis, tous les deux enfermés dans une baraque, sans aide à domicile ? » Vivre vingt-quatre heures sur vingt-quatre avec moi, en étant 100 % aidante, risque de mettre notre couple sous pression. Le confinement, nous l'avons vécu à notre façon lors de la préparation de la Manche mais, si nous nous sommes isolés, nous étions tout de même au grand air et en totale liberté. Là, nous restons cloîtrés. Le Covid a heurté la planète de manière spectaculaire. Un très mauvais film d'anticipation qui allait durer, durer…

J'en profite finalement pour poser mes valises, durant huit semaines. Consommateur effréné de projets, boulimique d'envies, je reste immobile. Pas le choix, j'obéis. Je vais pouvoir prendre le temps de l'introspection, revoir mon mode de vie, mes priorités, analyser cette impérieuse nécessité, presque maladive, d'aller de l'avant, ce rendement intense qui me maintient loin de chez moi, loin de Suzana. Le silence inédit est lui aussi propice. Pour passer le temps, maintenir le lien et mettre du baume au cœur à nos *followers*, notre duo improvise des sketches postés sur les réseaux sociaux.

Je n'occulte pas le désarroi auquel ont été confrontés de très nombreux Français, cette captivité partagée dans quelques mètres carrés, les tensions intrafamiliales, les isolements déchirants. Période idéalisée par certains, elle a été un calvaire pour d'autres.

Puis est arrivé le deuxième confinement, qui s'est éternisé, désespérément… Je me suis mis à tourner comme un lion en cage. Huit mois ! L'agitation est revenue, les enfants reprennent le chemin de l'école, les voitures déferlent sur les routes, les chantiers rattrapent le temps perdu. Pour autant, nous sommes privés de loisirs et d'amis. De cette parenthèse, nous n'avons que les désagréments. Mais comme à toute chose malheur est bon, nous allons sûrement en tirer des leçons. Je me réjouis d'imaginer à quoi va ressembler le fameux « monde d'après ». Il sera éclairé, plus solidaire, différent, forcément. Comme beaucoup, j'y ai cru. Jusqu'au jour où les restaurants ont rouvert et j'ai croisé une queue de 300 mètres pour accéder au *drive* d'un fast-food.

Rien ne va donc changer. À un détail près, le besoin de réparation est immédiat. Parce que la société est salement amochée, les entreprises, dans un même élan, presque vital, font appel à moi. Le chantre de la résilience pour rebooster leurs forces vives et aider le collectif en perte de sens à surmonter cette épreuve ? Je réponds à un tsunami de demandes.

J'ai alors pu palper cette lassitude mêlée d'angoisse. Face à moi, des esprits bouleversés par des informations sans cesse contradictoires, alimentées par toutes sortes de théories complotistes et alarmistes. Plus de cap, plus de vérité, un pays, une planète perdue, déboussolée. D'autant que l'après-covid n'a guère été plus réjouissant. Dans l'ordre, les raisons de s'inquiéter se sont succédé : des élections présidentielles sans aucun sens, un nouveau virus, la guerre en Ukraine, une centrale nucléaire bombardée, des tueries de masses dans les écoles, des incendies et des tempêtes tout l'été, des inondations meurtrières à la rentrée, une crise de l'énergie, une pénurie de carburant qui paralyse le pays, une inflation galopante et bientôt la retraite à 65 ans. Pour garder le moral, il faut être armé !

Parce que les belles années semblent comptées, certains se sont dit qu'il était temps de changer de vie. Maintenant ou jamais. Des familles ont fui vers la campagne, d'autres ont renoncé à leur CDI – ils seraient un million en France en six mois, 20 % de plus qu'avant l'épidémie, selon une étude du ministère du Travail. Aux États-Unis, près de 50 millions de personnes ont claqué la porte de leur job en 2021, surtout des jeunes. On appelle ce mouvement la « grande démission »... la grande hémorragie ? Poussés par le stress mais aussi plus confiants à l'idée de partir, ces démissionnaires sont en quête de meilleures opportunités de développement. Pas forcément plus d'argent mais plus de lien, de flexibilité dans les horaires, de lieux de travail moins stressants, et surtout plus de sens.

L'humeur des salariés que je rencontre est sombre. Je les sens avides de conseils, avides de vérité, avides de légèreté. Avant ils souriaient à mes vannes, aujourd'hui ils explosent de rire. Il y a dans cette hypersensibilité manifeste une fragilité et une perte de repères sans précédent. Des hommes et des femmes à fleur de peau.

Il paraît que le monde connaît ce remue-ménage à chaque grande crise, déjà en 2001 puis en 2008. Pourtant, cette fois-ci, les experts redoutent que les galères ne durent. Des centaines de filières professionnelles sont à l'agonie. Souffle un vent de panique dans les entreprises, qui vont devoir revoir leur management. Pour faire face à ce maelström et attirer les candidats, de nombreux dirigeants s'affairent à redéfinir l'avenir du travail, en veillant davantage au bien-être de leurs salariés. Mes conférences « optimisme garanti » seraient-elles un maillon de cette chaîne, un petit pansement ? Je ne ménage pas mes efforts pour contribuer à cette embellie collective... Quitte à en faire un peu trop ?

C'est ça, ma life ?

« Tu abuses, Philippe, tu es chiant, ils vont se barrer maintenant, en se disant que ce n'est peut-être pas ça leur vie ! » Ce jour-là, le boss affiche un léger rictus. Sans le lui dire, je pense : « C'est qu'ils ne sont peut-être pas heureux dans ta boîte. Tu ne t'es jamais posé la question ? »

Il est temps de remettre l'humain au cœur des entreprises. Certains l'ont compris, d'autres pas. Lors de mes interventions, je sens parfois que je ne suis pas là pour la bonne cause, et les dirigeants n'entendent pas le message que je suis venu délivrer. Les performances du « brave handicapé » deviennent un prétexte pour humilier. J'ai entendu l'un d'eux dire mot pour mot à ses commerciaux : « S'il a réussi, lui, qui n'a pas de bras pas de jambes, alors vous faites quoi, bande de losers, pour atteindre vos objectifs ? » Il a transformé l'inspiration en affliction. Je sens que cette équipe sous emprise est sur le point de s'effondrer. L'un d'eux vient me voir à la fin, en panique :

— Si mon manager me demande ce que j'ai retenu de votre conférence, je réponds quoi ?

— Mais toi, qu'est-ce que tu as retenu, au plus profond ?

— Lorsque vous avez parlé des cinq phases, là je me suis reconnu.

— Eh bien, tu l'as ta réponse.

— Mais, si je lui dis ça, il va comprendre que je suis parfois fragile, il va me virer…

La détresse de cet homme me touche. Il semble avoir perdu toute identité, un bon petit soldat qui se conforme à ce qu'on attend de lui, victime d'un asservissement navrant. Devant ce parterre de collaborateurs à bout, qu'on me demande bien malgré moi de redynamiser, la recette ne fonctionne pas et, après cette parenthèse ratée, ils continueront à être essorés par ce management toxique et défaillant. Je croise heureusement bien plus de dirigeants qui ont compris qu'un peu d'humanité rendrait leur entreprise plus performante. Bizarrement, les deux profils me sollicitent, s'appuyant sur mon parcours pour illustrer, voire vanter, leur propre politique, avec des desseins bien différents.

Avec l'expérience, j'ai appris à toucher du doigt l'âme de l'entreprise dès mes premiers pas sur scène. Un public chaud, c'est que la communication est bonne. À l'inverse, une salle ultraglaciale n'est pas bon signe. Le chef est aux aguets, surtout ne pas réagir. Pleurer, vous n'y pensez pas. Contre toute attente, l'alchimie opère parfois, mais individuellement : « Ouah, merci. C'était génial, je n'ai jamais vécu un truc pareil », me confient certains en aparté.

À la fin de mon intervention, lorsque la salle est plongée dans le noir, je demande toujours qu'on rallume les lumières. Sans un échange de regards, le moment serait inutile. Dans la lueur soudaine, je découvre les visages, jamais hostiles ni exaspérés car, ils le savent, je parle avec mes tripes et surtout mon cœur.

Parfois, je repère des expressions stoïques, où aucune émotion ne filtre. Après avoir pensé qu'il s'agissait d'indifférence, j'ai compris que la personne était en immersion totale, prenant le temps d'absorber chaque mot. Je peux balancer toutes les vannes du monde, rien ne cille, son cerveau turbine à 1 000 %. Le changement est en train d'opérer. Elle encaisse, elle accumule, elle réinvestit. Des chefs d'entreprise m'ont fait savoir que certains collaborateurs avaient « craqué » des semaines plus tard. Par « craquer », ils entendent « s'évader ». Ils ont réagi à retardement, après une maturation nécessaire pour dresser leur bilan personnel. C'est le « risque » pour l'entreprise, une « chance » pour l'individu.

À l'inverse, d'autres prennent conscience qu'ils n'ont pas la vie qu'ils désirent sans pour autant trouver la force de sauter le pas. Ils sont le plus souvent dominés par une émotion anesthésiante… La peur !

N'aie pas peur de la peur qui te fait peur

« La seule chose dont il faut avoir peur, c'est la peur », affirmait l'ancien président des États-Unis

Franklin Roosevelt. J'ai revisité le concept : « N'aie pas peur de la peur qui te fait peur. » A priori absurde, j'en conviens, cette phrase est pourtant pleine de bon sens. Je me souviens avoir lu dans les consignes de sécurité d'un avion : « En cas de panique, ne paniquez pas ! » Il faut savoir lire entre les lignes : « En cas de panique collective, vous, ne paniquez pas ! »

Le désir d'émancipation n'est pas un parcours facile. Poussée à l'extrême, on appelle cette crainte du changement, de la nouveauté et, par extension, du progrès, la caïnophobie. C'est en réalité la peur de l'inconnu, un processus normal de protection et de défense psychologique mais qui finit par entraver l'individu et l'empêche de se réaliser pleinement.

Très souvent, confrontés à un chamboulement, nous sommes d'instinct saisis par le doute. C'est particulièrement vrai dans les entreprises. À peine le manager a-t-il averti qu'il est nécessaire d'évoluer au risque de se retrouver sur le carreau, les salariés paniquent : « Ma carrière va s'arrêter, on va être virés, va falloir qu'on déménage, ils vont m'enlever mes plantes et ma lampe. » Le réflexe naturel est de surréagir sans prendre ni le temps ni la peine d'analyser l'information et d'évaluer son impact réel. On ne leur annonce pas la fin du monde, juste une « évolution » qui, peut-être, rime avec « amélioration », « conversion », « rénovation ». Pourquoi la nouveauté, un mot somme toute positif, ne serait-elle pas un terreau fertile ? Mais non. Avec le train-train, tout va bien et il suffit de modifier les aiguillages pour que le système déraille. La rupture se transforme alors en déchirure.

En certaines circonstances, la peur, cette émotion primaire, n'a-t-elle pas vocation à freiner et protéger ? Elle agit comme la douleur, cet aiguillon qui avertit le corps d'un danger ou d'une maladie, un signal d'alerte complice qu'il vaut mieux ne pas négliger. Où placer le curseur ? Lorsque j'ai démonté mon antenne, à aucun moment je n'ai eu peur. J'aurais dû ! Si j'avais fait plus attention à cette ligne électrique à proximité, jamais je ne serais monté sur cette échelle. J'étais confiant et inconscient ; la prudence aurait probablement sauvé ma peau. Depuis, j'ai appris à me méfier…

Sur mes défis, pour tenir la peur à distance, il me faut anticiper le risque et, je l'ai déjà dit, cela passe par une préparation minutieuse. Sur les Cinq continents, lors de la traversée du détroit de Béring, en Alaska, dans une eau à 3 °C, le froid me tétanise, je suis à bout de forces mais la présence d'Arnaud à mes côtés et de mon équipe suffit à me rassurer, mentalement, je suis ultrapréparé et en matière d'assistance technique et médicale, tout a été pensé. Ma peur n'a duré qu'un bref instant.

« La peur est mauvaise conseillère », dit le proverbe. Mais c'est surtout lorsqu'elle devient anxiété qu'elle peut être nuisible. Pour un entretien d'embauche, par exemple, l'enjeu est important mais le risque limité. Dans ces circonstances, pourquoi douter ? Ce sera peut-être un refus mais cette appréhension ne justifie pas de renoncer ou de s'effondrer. Ce « non » aura un impact, pourra blesser mais, au fond, est-il insurmontable en soi ? Trop souvent, la peur nous empêche d'oser et d'avancer…

Si on a coutume de dire que « la peur n'évite pas le danger », je propose une autre variante : « La peur n'évite pas de changer. »

Le truc avec lequel je ne fais pas le malin !

Je n'aurais donc peur de rien ? Si, de la Faucheuse. La mort, je l'ai frôlée une fois. J'étais entre deux mondes, dans les limbes, pas vraiment mort mais plus très vivant. Après mon accident, j'ai traversé une période difficile avec de grandes difficultés à m'endormir. Je ferme les yeux, elle est là, s'avançant vers moi, comme pour achever sa macabre besogne. Je la repousse : « Ne viens pas m'emmerder, j'ai encore des choses à vivre. » Ce vieux démon est réapparu en 2021, lors du deuxième confinement, interminable, sinistre… J'allais me coucher le soir en m'ordonnant de rouvrir les yeux : « Eh, tu te réveilles, demain, tu fais pas le con ! » Durant cette période, j'ai eu peur, vraiment. J'ai même souvent été terrifié.

Depuis, ces obsessions nocturnes se sont apaisées, la vie a repris son cours, de nouveaux projets masquent la nausée. Jusqu'à quand ? Il paraît que les hyperactifs sont dans une fuite en avant qui dissimule très certainement la peur de l'immobilité et, par extension, de la mort. Je confirme que la perspective de l'une comme de l'autre n'est guère réjouissante. Contre toute attente, mon expérience passée ne m'a permis d'acquérir aucune sagesse et je ne me résous pas à cette fatalité. Sur ce sujet, aucun conseil à donner, aucune phrase pour rassurer, je flippe… à mort ! D'ailleurs, si quelqu'un peut m'aider…

À peu près autant que la mort, je redoute la vieillesse. Il n'y a rien de bien original là-dedans. Ma cinquantaine m'a fait virer dans une pente vraiment descendante. Combien d'années encore en forme ? Vingt, vingt-cinq… C'est beaucoup et si peu. Avoir vécu une vie aussi trépidante n'épargne pas le déclin cognitif, la perte de capacité physique… Pour la dépendance, j'ai déjà donné. Qu'adviendra-t-il lorsque la sénescence va s'installer ?

La retraite est souvent le moment où tout bascule, surtout si elle n'a pas été anticipée. Cette « délivrance » devient alors un cap difficile pour ceux qui ont jeté toute leur énergie dans la bataille professionnelle et se retrouvent seuls, sans fonction, sans statut, sans relations. Ce fut le cas pour ma maman qui, du jour au lendemain, a perdu ses repères, ses déjeuners entre collègues, ses fous rires avec ses copines d'usine. Elle s'est assise dans un canapé pour regarder la vie passer entre ses fenêtres et l'écran de sa télé. Rapidement, le mal-être puis la dépression l'ont rattrapée, elle qui abandonnait pourtant des conditions de travail plutôt rudes.

Comment s'en prémunir ? Comme pour une aventure au long cours, tout se prépare. Même âgé, on peut avoir des projets, si minimes soient-ils. Pour aider ma maman, je lui ai proposé de m'accompagner sur mes conférences. Cette responsabilité a redonné du sens à son existence. Être retraité ne signifie pas devenir inutile, improductif ou dépassé. Bien au contraire, nos aînés sont une force vive, forts de leur expérience et de leur savoir-faire. Certains ont des emplois du temps de ministre, plus débordés que jamais, reprenant par exemple leurs études, se consacrant à leur jardin, s'investissant dans le milieu associatif, s'occupant de leurs petits-enfants… Jeune, moins jeune, la clé de la réussite est toujours dans le maintien d'objectifs.

Récemment, une amie de 70 ans passés a quitté son mari, après des années de désaccords et de lassitude. Elle pressentait avoir atteint la limite mais, dans son milieu, on ne brise pas les ménages, les conventions ont force de loi. Il en fallait du courage pour tout envoyer valser, d'autant qu'elle vit avec un handicap lourd qui risque de s'aggraver. Peut-être a-t-elle pleuré seule dans son nouvel appartement, mais ce fut le prix de la délivrance. Cette tristesse n'a duré qu'un temps. Désormais, ses fenêtres ouvrent sur la mer, elle s'est fait de nouveaux amis et ne regrette que d'avoir hésité tant d'années. Petites résolutions et grandes utopies conduisent parfois à des échecs, mais il n'y aurait rien de pire que de ne pas avoir tenté.

Pour moi aussi, le temps va passer, mes aventures seront lointaines, on m'aura oublié mais j'aurai encore des choses à partager. Comme un vieux sage, j'irai dans les écoles, le dos courbé, les cheveux blancs (ou pas !) pour continuer d'interpeller la jeunesse, briser les préjugés, encourager la tolérance. Tant de batailles à mener… Il n'y a pas d'âge pour inspirer. Et pour changer.

À vous de jouer !

Lors d'une enquête menée aux États-Unis auprès de personnes en fin de vie, la question suivante a été posée : « Quel est votre plus grand regret ? » À plus de 80 %, elles ont répondu : « Je n'ai pas réalisé mon rêve. » Violence, violence ultime…

« Qu'est-ce que je risque ? » C'est souvent la première question qui vient à l'esprit de ceux qui ont une envie, un objectif. Et rien qu'en la prononçant, ils se figent. « J'ai mes enfants, ma maison, ma voiture, mon job… » Certaines personnes, il est vrai, se contentent d'un rêve sans ressentir le besoin de le réaliser. Ce compagnon au long cours, celui de toute une vie, peut rester une extravagance, une utopie. C'est l'élan du désir qui les nourrit lorsqu'ils sont tristes, c'est cette petite bulle d'oxygène qui maintient leur souffle. « Tant pis si je n'ai pas le courage d'y aller. Voilà, ça me suffit. » Pour être franc, une fois le rêve accompli, la satisfaction n'est pas toujours au rendez-vous. Une fois l'enfant né, la très belle maison achetée, le voyage lointain bouclé, suis-je réellement plus heureux, plus nourri ? Parfois, le mal-être vient d'ailleurs et aucune rustine ne peut réparer cette déchirure profonde. Certains vont même plus loin en laissant entendre que les rêves sont un obstacle à aimer ce qui est, le leurre d'une existence idéalisée et empêcheraient d'être dans la vérité et l'instant. Il serait donc dangereux de prendre ses rêves pour la réalité ? L'espoir ne ferait-il pas toujours vivre ? Il peut en effet y avoir des déceptions, un *baby-blues*, un sentiment d'achevé qui laisse un grand vide. Le fantasme n'est plus là, par quoi le remplacer ?

Je comprends l'argument mais ne suis pas adepte ! Et je parle en connaissance de cause car je suis passé par là. Après la Manche, je suis retombé dans une sorte de mini-trou noir. Si l'exploit sportif était démesuré, il n'a en effet pas suffi pour panser toutes mes blessures intimes. Avais-je imaginé qu'il allait recoller les morceaux et faire de moi un homme à nouveau entier ? Ce n'était manifestement pas le cas. Que devais-je faire pour aller plus loin dans ma guérison ? Poursuivre. Souvenez-vous de Brel : « Un rêve fait la courte échelle à un autre. » En remportant cette « manche » a priori insurmontable, je me suis rendu compte que j'étais « capable », et cette victoire sur le handicap et les préjugés a ouvert d'autres passages. Depuis, je ne me fixe plus de limites. Ces défis, je ne les réalise pas pour la gloire mais parce que j'en ai envie, c'est un puissant moteur pour me réconcilier avec la vie.

Il n'est pas question de mettre tous les Français en slip de bain et de les jeter dans la Manche en leur disant : « Va, vis, deviens[1] ! » Ça n'aurait pas de sens. Il y a dans mon credo favori toutes sortes de possibles : démentiels, raisonnables ou infimes. Gravir un sommet, fonder une famille, courir un marathon, reprendre ses études, se mettre au piano, apprendre à cuisiner, relooker des meubles, aller au théâtre, etc. Il n'y a pas de petites occasions, et les envies peuvent être immenses. Une pour tout de suite, une autre pour demain, dans un mois, dans dix ans… Quels que soient le niveau, l'échéance, le degré de difficulté, ne cessons jamais d'être gourmands ! Une fois réalisé, ce rêve peut simplement faire plaisir, restaurer un ego abîmé, rendre le sourire et plus rarement, pourquoi pas, changer une vie. C'est ce que j'espère transmettre. Si certains ont davantage besoin d'empathie, d'autres marchent à la motivation. À ceux-là, je dis : « Tu es maître de ta vie. » J'aimerais voler au réalisateur Xavier Dolan la phrase qu'il a prononcée en recevant la Palme d'or à Cannes pour son film *Mommy* en 2014 : « Je pense que tout est possible à qui rêve, ose, travaille et n'abandonne jamais. » Il n'y a rien à jeter.

Et surtout, ne reproche pas aux autres les choix que tu as faits… ou pas ! Même s'il n'a jamais été facile de prendre des risques, je remarque une propension générale à la déresponsabilisation personnelle, voire à la victimisation. Plus personne n'est responsable de rien. Serait-ce la conséquence de décennies d'État providence qui ont fini par nous infantiliser ? Pour

1. Film de Radu Mihaileanu sorti en 2005.

faire un parallèle, j'ai en tête cette phrase devenue légendaire de Kennedy lors de son discours d'investiture en 1961 : « Ne demande pas ce que ton pays peut faire pour toi, demande ce que tu peux faire pour ton pays. » Pour le paraphraser à une échelle plus personnelle : « Bouge-toi, va de l'avant, provoque le destin, va chercher le coup de main… » J'ai attendu sept ans qu'on vienne me délivrer, en vain. Alors j'ai pris ma vie à bras-le-corps. Ce fut dur, poignant, j'ai souvent douté mais n'ai plus jamais rendu les autres responsables de mon inaction. Il n'y a dans cette voie aucune issue. C'est l'ardeur individuelle qui permet d'amorcer le mouvement.

Après avoir croisé une multitude de personnes dans le mal-être, jamais je ne me suis dit que pour lui, pour elle, « tout est perdu ». Toujours brille une lueur, même infime, à laquelle se raccrocher. Même moi, le cas désespéré, j'ai fini par trouver la clé.

Je n'ai aucune leçon à donner, je ne suis qu'un passeur. Sans doute mon millier de conférences a-t-il eu une incidence sur quelques vies dans ce vaste auditoire, mais partager ne veut pas dire imposer. Insuffler suffit.

C'est l'objectif de ce livre. J'aurais d'ailleurs aimé qu'il s'intitule *Mes dix commandements et démerdez-vous !*. La formule était provocante mais elle avait du sens. C'est ma façon, un peu maladroite, de dire à ceux qui me lisent : « Réveillez-vous, faites-vous confiance. » Voilà ce que j'ai vécu, voilà ce que je peux vous offrir mais c'est juste ma vie, maintenant investissez la vôtre !

Pour ne pas vous réveiller un matin en vous disant : « Eh, merde si j'avais su ! » Parce qu'à l'instant présent, vous savez. Il n'est jamais trop tard. Alors, mettons-nous en marche. Maintenant.

ÉPILOGUE

Projet du futur et futur projet

Après deux ans d'une « parenthèse sanitaire » forcée, je ressens l'irrésistible nécessité de réunir de nouvelles équipes autour de moi. Je ne crache pas sur les conférences qui me permettent elles aussi de partager et me font vivre mais suis dans l'impatience de repartir dans la course. Cet appétit viscéral, c'est ma came… Et j'ai une idée qui peut… rouler !

Je l'ai dit, j'ai adoré le Rallye-Raid, une expérience ahurissante, extrêmement forte en termes de dépassement de soi et d'aventure humaine. Mais, lors du Dakar en 2017, alors que je cours avec un véhicule « thermique », on me reproche, comme à tous les concurrents, d'être un pollueur sans vergogne. Touché par cet argument, je me suis juré de revenir mais avec un moteur plus propre. Pour me donner bonne conscience ? Non, pour avoir un coup d'avance ! Avec mon staff, j'entame aussitôt un travail colossal sur un projet de véhicule à hydrogène, qui puise son énergie dans une pile à combustible alimentée par ce gaz. Contactant, avec la naïveté qui me caractérise, les écoles d'ingénieurs et les fabricants de réservoirs, j'arrive, semble-t-il, comme un chien dans un jeu de quilles. J'avais imaginé, puisque cette technologie est connue depuis des décennies, qu'elle était parfaitement rodée et qu'il n'y avait plus qu'à... Ce qui n'est visiblement pas le cas. Je fais un saut en Suisse pour interpeller les dirigeants de la FIA qui ne sont guère plus à la page. En 2018, ils projettent seulement de créer une commission dédiée. Je suis encore trop visionnaire et, malgré mes efforts, n'arrive à convaincre aucun partenaire. Comme pour la Manche, l'idée reste en sommeil.

La déferlante est arrivée un peu plus tard... Le premier véhicule roulant à l'hydrogène présent sur le Dakar fut un camion – parce que les capacités de stockage des piles y sont plus importantes –, en 2022 ; à titre expérimental, il porte le numéro 000. Depuis, les choses se sont précipitées puisque, huit mois plus tard, la FIA s'engage à atteindre la neutralité carbone d'ici 2030 avec l'utilisation de carburants 100 % durables dans le Rallye-Raid et même en formule 1.

Ces résolutions remettent du cœur à mon ouvrage. J'écume à nouveau le web et me fais connaître auprès de tous les promoteurs de cette technologie d'avenir. Je contacte la Scuderia Cameron Glickenhaus, constructeur américain de voitures de course et de sport, persuadé qu'on ne va pas me calculer. Et pourtant... Je suis invité aux 24 heures du Mans pour discuter de mon projet. Si son envie est grande, cette écurie n'est pas encore prête.

Jusqu'au jour où je tombe sur GCK (Green Corp Konnection) Motorsport, une société de sport automobile en rallye-cross et raid, 100 % française, spécialisée dans les véhicules « verts ». Elle projette justement de repartir sur le Dakar avec un véhicule hydrogène. Je lui propose un pacte qui combine un double défi en termes de mobilité, d'écologie et d'accessibilité. Le combo gagnant : un pilote atypique au volant d'un véhicule atypique. Le contact a matché et, en juin 2022, GCK annonce que je serai son pilote officiel sur le Dakar 2024. Mon véhicule est équipé de réservoirs de 700 barres et, en cas de choc, l'hydrogène se disperse dans l'air sans rejeter de pollution. Par ailleurs, nous nous engageons à n'utiliser que de l'hydrogène « vert », produit à partir d'énergies renouvelables. Restent quelques « détails » à régler, notamment se ravitailler au cœur du désert tous les 300 kilomètres, avec en 2023, début des entraînements, en vue d'une sélection sur le Rallye du Maroc en octobre.

Autre défi majeur, trouver le budget : pas moins de 2 millions d'euros. Le financement participatif, qui s'appuie sur la générosité du grand public, n'est pas viable pour de telles sommes. C'est donc aux portes des entreprises que je dois frapper avec un pitch bien ficelé. Ce projet précurseur offre un gros potentiel en matière de RSE (responsabilité sociale des entreprises). Le handicap étant au cœur de ces politiques, il peut devenir un « symbole » efficace pour rebattre les cartes et faire naître une émulation au sein des équipes. J'entends ainsi fédérer mille dirigeants avec un billet d'entrée à 1 000 euros. Un million au total. Pour le reste, je dois séduire de plus gros partenaires ! J'ai prouvé que j'étais capable d'aller au bout de mes objectifs et compte bien mettre dans ce nouveau défi la même obstination. Parce que les moteurs thermiques sont désormais dans le viseur, je ne serai peut-être pas, d'ici là, le seul concurrent à rouler à l'hydrogène mais je serai, à n'en pas douter, le seul quadri-amputé. Avis aux sponsors, côté originalité le podium est assuré.

Mes folies ont souvent concouru à l'innovation et à la créativité, aussi bien en termes de technologie que d'impact sur les mentalités, mais elles restaient jusqu'alors circonscrites dans le champ du handicap. Il me faut, maintenant, changer de braquet pour viser un retentissement plus vaste. Or s'il y a un domaine où l'urgence s'impose, c'est la question environnementale.

Soyons francs, l'hydrogène n'est pas totalement la panacée, et l'on peut pointer ses défauts et ses limites. Mais, dans la course à l'énergie propre, existe-t-il une seule option qui fasse l'unanimité ? Qu'il s'agisse d'éolienne, de nucléaire, de panneau photovoltaïque, de biocarburant, chaque alternative a ses inconvénients. Quant au Dakar, il est certes de plus en plus critiqué, pour de multiples raisons, mais reste malgré tout un laboratoire d'innovations dans le secteur automobile.

Projet du futur et futur projet

Pour ce nouveau challenge, l'objectif n'est pas de gagner mais de « véhiculer » des engagements forts, sans faire de la figuration. Sorte de preuve par l'exploit ! Cette fois encore, je n'ai pas choisi la facilité puisque différents paramètres comme le sable, la chaleur et les tonneaux éventuels risquent d'être particulièrement éprouvants pour un véhicule à hydrogène. Peu importent les risques, je me sens prêt à les affronter.

Elle est là ma nouvelle voie, ma nouvelle voix… Et les vôtres ?

Table

Cet ouvrage a été mis en page par IGS-CP
à L'Isle-d'Espagnac (16)

Imprimé en France par CPI
en mars 2023

Dépôt légal : février 2023
N° d'édition : 611442-1
N° d'impression : 174383